陈敬希望她永远快乐，永远自由，永远保持这份张扬与独特。

焉识雨

焉识雨 著

白羊

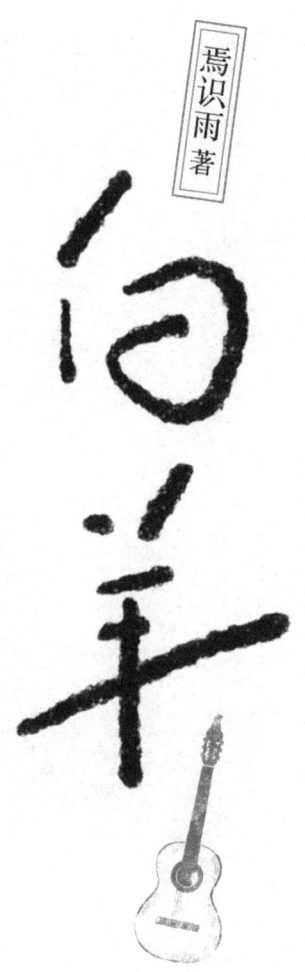

江苏凤凰文艺出版社

白羊
Contents

Chapter 01　　　　　　　　001
他那样的

Chapter 02　　　　　　　　011
预谋邂逅

Chapter 03　　　　　　　　025
他的眼睛

Chapter 04　　　　　　　　042
他很清醒

Chapter 05　　　　　　　　063
是个好人

Chapter 06　　　　　　　　085
粉色海洋

BAI YANG

098 …	Chapter 07 陈敬同学，借过一下
117 …	Chapter 08 勇敢一次
129 …	Chapter 09 喜欢白羊
164 …	Extra 01 私心
176 …	Extra 02 大学时期的二三事
222 …	Extra 03 结婚

Chapter 01

他那样的

花了五分钟,倪清嘉打发走邹骏。

好友薛淼淼看着邹骏落寞的背影,默默地感到惋惜:"我说,要不你就答应他吧,人家只是想跟你交个朋友。"

倪清嘉没接话。

薛淼淼转头问倪清嘉:"那你到底想和什么样的人交朋友啊?"

倪清嘉模样姣好,性格开朗,围在她身边的人不少。她喜欢认识新朋友,但不太愿意和邹骏产生交集。

邹骏是隔壁班的体育生,体育生的宿舍就在一楼小超市旁边,她有一次路过,闻到了一股难以形容的咸臭味,从此便害怕和体育生交朋友。

倪清嘉思考着薛淼淼的问题,觉得那人不需要多帅,瘦瘦高高、干净清爽就行，性格怎样都无所谓，脾气必须得好，不然吵架吵不过，她会气得睡不着觉。

这样想着，教室门口走出来一个人，倪清嘉随手一指："他那样的。"

薛淼淼看过去，陈敬拿着一沓试卷前往老师办公室的方向。薛淼淼惊讶地说："陈敬？"

陈敬是他们班的数学课代表，成绩拔尖，戴着眼镜，校服的纽扣永远扣满，典型的三好学生。

薛淼淼和陈敬没怎么说过话，但他那类学生，她太熟悉了。

薛淼淼摇摇头："你们不搭。"

倪清嘉淡淡地笑了，语气平静："是吗？"

倪清嘉身边的朋友，性格不一，但都和她有个共同点——成绩不好。

可能越缺什么，人就越容易被什么东西吸引。

像陈敬这种类型的人，现在她分外感兴趣。

陈敬是因为分班考试失利，才和她分到一个班级。而他现在稳居年级前三十名，回重点班是迟早的事情。

倪清嘉和薛淼淼一样，没怎么和陈敬说过话，但她早就观察过他。

陈敬学习很努力，他不是那种上课睡觉、下课打球还能名列前茅的学生。相反，他的成绩都是扎扎实实地用功得来的。

陈敬的话少，不过要是有同学向他请教问题，他从来都耐心、温和地讲解。

譬如此时，李妍拿着今晚的数学练习卷问陈敬一道大题，陈敬习惯性地转了转笔，在草稿纸上画了什么图，开始一步步地给她讲解。

陈敬说几句，便会抬眼看一下李妍，等李妍的脸上露出理解的表情，他才会继续往下讲。

倪清嘉全看在眼里。

想到薛淼淼那句否定的话，倪清嘉有些不服气，漂亮的眸子若有若无地瞥向陈敬。

她看了一眼时间，离晚自习还有二十分钟，不急。

等李妍终于离开，倪清嘉缓缓地起身。

陈敬坐在最后一排。他是班里成绩最好的学生，老师有意把他调到前排，陈敬说不用，他不想搞特殊。

倪清嘉走到陈敬的桌前："陈敬。"

陈敬做题的手一顿，他听到清脆的女声说："我的练习卷找不到了，你有多的吗？"

陈敬作为数学课代表，清点、分发试卷是他的职责。

他说:"你等会儿,我去拿。"

陈敬站起来,比倪清嘉高了快一个头。他急匆匆地从后门出去,倪清嘉叫住他:"陈敬。"

陈敬回过头。

"我和你一起去吧。"倪清嘉笑了笑。

走廊有些昏暗,只有头顶几束浅浅的灯光。那光正好落在她的脸上,如同黑暗里开出一朵花。

陈敬的神色看不大清,身形笔直,像一棵挺拔的白杨。

"不用——"

倪清嘉打断他的话:"主要我不知道数学老师把试卷放在哪儿了,不然我也不会麻烦你。我和你一起去,下次要是再丢了,我就能自己拿了。"说着便走到他旁边。

陈敬闻到淡淡的洗发水的香气,没再拒绝,沉默地迈开步子。

办公室离得远,陈敬走得很快,几步就把倪清嘉落在后面,走了一阵,他又像是想起什么,默默地放慢速度等她。

倪清嘉注意到他的动作,唇角勾起,随口问:"今天的作业难吗?"

陈敬不太习惯这么和人聊天,想了一下才说:"还行。"

倪清嘉哦了一声,陈敬的"还行"对她而言就是难如登天。

"我有不会的能问你吗？"

"可以。"

然后二人都沉默了下来。

倪清嘉不说话，陈敬更不可能主动找她说话。

倪清嘉偷瞄一眼陈敬，陈敬直直地看路，根本不看她。

也不知道是不是学生的恶作剧，这一路上的灯一盏亮，一盏灭。陈敬的侧脸在忽暗忽明的光线中交替。

倪清嘉发现他的鼻梁很高，只是平时戴着眼镜，很难发现。

和他身上浓郁的书卷气息不同，陈敬的五官有棱有角，下颌线条流畅，锐利清晰。

倪清嘉从偷看变成明目张胆地注视。

陈敬挺直的脊背略微僵硬。

走到漆黑的办公室，陈敬熟练地开灯，找到数学老师的座位。

倪清嘉跟着进门。

陈敬听到脚步声，没抬头，垂眸翻找试卷。

她走近一步，看见他的耳根泛着微妙的粉红。

陈敬递给倪清嘉一张试卷。

倪清嘉目光轻飘飘地掠过他的耳朵，正准备说点儿什么，晚自习的铃声骤然响起。

陈敬熄灯关门，这回没等她，大跨步地走在前面。

倪清嘉盯着那个急匆匆的背影，怎么看都觉得有股子狼狈而逃的意味。

回到教室，坐班老师还没来，倪清嘉慢悠悠地掏出笔写作业。

倪清嘉在年级里排名中下，语文和英语不错，数学一窍不通。化学和生物偶尔才能勉强及格，物理的分数常年只有陈敬的三分之一。

至于为什么选了理科，她单纯是因为懒，不想背书。

倪清嘉做了几道基础题，准备奖励自己休息五分钟，薛淼淼恰好从前面飞快地扔过来一张纸条：**姐妹，你不会真想和陈敬做朋友吧？**

薛淼淼看见倪清嘉找陈敬了。

倪清嘉写了三个字：一个月。

本来她预期可能得更久，可陈敬的耳朵告诉她不用。

薛淼淼诧异地扭头，做了个"抱拳"的手势，意思是：佩服。

晚自习结束，倪清嘉故意磨蹭着不走。

他们班教室的钥匙一直有一把在陈敬手上。因为陈敬永远第一个到，最后一个离开。

班里的人都知道陈敬会在放学后留在教室自习半个小时，很多重点班的学生也会如此。不过他们普通班的学生没有这种觉悟，只有陈敬一个人坚持这么做。

倪清嘉上了个厕所回来，教室里果然冷冷清清的，只剩陈敬一个人孤孤单单地坐在最后一排。

陈敬在做他自己额外买的习题，边思考边转笔，专注得没有听见脚步声。直到头顶的光源被遮挡，题目罩在阴影中，他才反应过来。

前桌的椅子被推开，灯光重现，题目清晰，他却读不进去。

"陈敬。"又是这个清脆的女声。

倪清嘉拿着数学练习卷，圈了一道大题："这道题我想了一节课都没想出来，你能教教我吗？"

陈敬的背像那时一样僵硬，他扫了一眼题目，是道函数求导的题，不难。

倪清嘉见陈敬不说话，替自己解释："我看课间找你的人好多，就想等放学再问你。你是不是不方便啊？会不会打扰你学习……"

倪清嘉侧坐着，有一小撮马尾落在陈敬的桌上。

他不动声色地移开目光："不会。"

倪清嘉笑意盈盈："那太好了。"

她觉得陈敬这个人真好，斯斯文文的，温和平静，情绪稳定，还会教她做题。

陈敬开始讲题，倪清嘉侧着看很不方便，搬起椅子挪到陈敬旁边。

她的校服轻轻挨着陈敬的校服，陈敬的声音一顿。

倪清嘉歪头看他："继续呀。"

陈敬清了清嗓子，接着讲题，余光注意到倪清嘉投来的视线，鼻间萦绕着她的发香。

倪清嘉第一次这么近距离肆无忌惮地打量陈敬。

陈敬在男生中算白的，皮肤细细嫩嫩的，作息规律，所以脸上没长什么痘，嘴唇有点儿干，可能是不爱喝水的缘故。他戴着黑框眼镜，镜片擦得一尘不染。

倪清嘉发现他的脖子上靠近喉结的位置长了一颗小痣。

教室安静得落针可闻，只有陈敬平缓的声音响起。

陈敬的声音很低沉。倪清嘉听得入了迷，分心想着，陈敬如果去当个深夜电台的主播应该也会很受欢迎。

"懂了吗？"他问她，却不看她。

倪清嘉缓缓地叫他的名字："陈敬。"

陈敬下意识地转头，看见她弯弯的笑眼。

目光只在她的脸上停留一瞬间，他重新低头看题。

"刚刚我走神了，可以再讲一遍吗？"倪清嘉说的是实话。

倪清嘉等着陈敬问她"为什么走神",但陈敬仅是点点头,真的又讲了一遍。

他讲得有点儿口干,咽了咽唾沫,喉结上的那颗小痣跟着来回滚动。

她缓缓道:"谢谢你,陈敬,打扰你晚上学习了,不好意思啊。"

"没。"

倪清嘉把椅子搬回原位,莞尔一笑:"陈敬,那我回家了,明天见。"

她家和陈敬家是一个方向,倪清嘉曾经在家附近遇到过陈敬。她想知道陈敬会不会主动提出和她一起回家,毕竟现在也挺晚了。

"嗯。"陈敬轻声应道,完全没想这么多。

倪清嘉:"……"

很好。不急,她有的是法子。

倪清嘉背起书包,走出教室。

直至看不见她的身影,陈敬才如释重负般地吐出一口气。他想做几道题再回家,又安不下心。

那股若有似无的香味仿佛还在身边,他有些泄气地捏了捏眉心,收拾东西。

倪清嘉的家到学校步行大约十分钟。

她走得很慢。陈敬骑着自行车，骑了几分钟就看见她了。

陈敬没叫她，远远地跟在她后面。

看倪清嘉终于拐进她家的小巷，陈敬才回家。

倪清嘉浑然不知默默跟随的陈敬，推开家门被她妈妈骂了一顿。

倪清嘉爱玩，晚上时常要在外面和朋友吃完夜宵才回家，她妈妈以为她这回又是和狐朋狗友出去玩了。

"下了晚自习早点儿回家，别在外面瞎玩，跟你说了多少次了。"

倪清嘉理直气壮地解释："没玩，我留在学校学习呢，现在我们班很多同学都这样，都说在教室学十分钟顶在家里学半小时。"

倪清嘉的妈妈半信半疑。

倪清嘉小时候身体不好，她的父母对她最大的期望就是她健康快乐，对她的学习成绩并没有很高的要求。

她是被宠大的小孩儿，活得任性自在。

倪清嘉的妈妈数落了几句后又问："要不要吃夜宵？"

倪清嘉立刻嘴甜地回道："要，谢谢妈妈，妈妈最好了。"

Chapter 02
预谋邂逅

翌日,早操过后的晨会上,学校领导又开始长篇大论地说教,从部分学生的仪表着装问题讲到学校公共财产的安全问题。

倪清嘉站得腿都酸了,懒懒地打了个哈欠。

"最后,还有一件事要大家引起重视。"

终于要结束了,倪清嘉想。

"就在上个周六,我们学校高三的一个女同学,在回家路上遇到了几个小混混向她要钱。我们校方知道后积极联系了警方,警方找到了那几个小混混,进行了批评教育。

"因为数额不大,听说他们认错的态度良好,人已经放出来了,但我不知道他们心里是不是真的认识到了自己的错误。请大家在回家的时候注意安全,如果遇到社会上的小混混，不要和他们硬碰硬，把自己的安全放在第一位，事后一定要告诉家长和老师……

"同学们最好是结伴一起走，不管是女同学还是男同学，都要保护好自己……好，今天的晨会就到这里，解散。"

一众学生也不知道听进去没，一窝蜂地散了。

"小学生吗？还抢别人的零花钱。"薛淼淼撇着嘴。

倪清嘉搭腔："别，小学生不背这个锅。"

她眯着眼望向教学楼上的天空，云层散成轻薄的雾，橘黄色的晨辉朦朦胧胧地透过薄云洒下来，像来自银河的光雨。

倪清嘉微笑起来，连老天都在帮她。

倪清嘉没往教室的方向走，走了另一条路。

薛淼淼问："你去哪儿？"

倪清嘉神神秘秘地说："守护我即将到来的友情。"

薛淼淼翻个白眼："神经。"

等倪清嘉到教室，只剩一分钟就上课了。

她从后门进去，走到陈敬的座位边。

"陈敬。"

陈敬诧异地抬头，像是被她突然的问候吓到。

倪清嘉从校服口袋里摸出一样东西塞到他的手上："谢谢你昨天教我做题。"

铃声响了，倪清嘉急匆匆地回到座位上。

陈敬完全没时间反应，怔怔地看着手上的盒装奶茶，是巧克力味的，还是温的。

他瞟向靠窗的那个座位，看了一眼，然后重新看回黑板。

下课后，倪清嘉准备去检查陈敬有没有喝。

"倪清嘉，有人找。"有同学喊道。

倪清嘉走向陈敬的步子换了方向，去了教室后门。

邹骏像个门神一样堵着她："倪清嘉。"

倪清嘉默默地远离他一步："干吗？"

"你没听早上校领导讲嘛，现在晚上外面很乱，那些小流氓坏得很，你那么漂亮，万一遇到……这样吧，以后我送你回家，我负责保护你。"邹骏拍拍梆硬的胸脯，发出嘭嘭的声响。

"别咒我。"倪清嘉抱着手臂，"我看你就像流氓。"

邹骏："我是为了你的安全着想。"

"我和你家又不在一个地方。"

"我不嫌远……"

"打住，我还有事。"

倪清嘉跑了。

她和薛淼淼诉苦，早就忘记检查陈敬喝没喝奶茶这件事。

"你说他这不是纯纯的没安好心吗?"

薛淼淼给倪清嘉分析:"我觉得他一半好意,一半私心吧。嘉嘉,要不你就找个别人搭伙,看谁跟你顺路,你一个女孩子晚上一个人回家还蛮危险的。"

薛淼淼是住校生,不需要担心这种问题。

关于这个问题,倪清嘉早就想好了。

她扭头看向教室的后方,李妍在和陈敬说些什么,陈敬平和的脸上露出淡淡的笑容。

李妍的学习成绩也很好,常常考进班级前五,不过和陈敬不是一个级别。

找陈敬问问题的那群人中,数她最勤快。

倪清嘉盯着陈敬止不住微扬的嘴角,在心里嘀咕:什么啊,怎么和她说话像块木头,和李妍说话就笑得这么开心。

陈敬严格遵守劳逸结合的健康准则,学习之余,每天下午会去操场跑圈。

倪清嘉掐着点和迎面而来的陈敬打了个招呼。

"嘿,陈敬,好巧啊。"

陈敬点点头,面不改色地超过她。

倪清嘉:"?"

真是一块木头啊!

看着陈敬越跑越远,倪清嘉撇了撇嘴。突然,她的耳边响起一道噩梦般的声音:"倪清嘉,来看我啊?"

邹骏在训练,见到倪清嘉后兴奋地挥手,被体育老师批评了一顿。

"谁看你了。"倪清嘉没好气地说,往邹骏的反方向走。

陈敬跑了一圈回来,倪清嘉又碰到他,擦肩而过时,她干脆拽住陈敬的衣服。

陈敬被她拉得后退几步,瞳孔微微放大。运动过后的脸庞有些泛红,额头上出了一层汗,发间也沁着滴滴汗珠,亮晶晶的。

他惊讶地看着倪清嘉,喘着气说不出话。

"陈敬。"倪清嘉没事找事,"你为什么不理我?你是不是根本不知道我叫什么?你从来没喊过我的名字。"

"没……"

操场上有两个队在打篮球,似乎有谁投进一个三分球,整个场地回荡着喝彩声。

陈敬的话被盖了过去。

倪清嘉没听见,既懊恼,又有些委屈:"你是不是只跟好学生玩?你是不是特烦我找你?"

陈敬缓了一会儿,不喘气了,重复道:"没。"

他的声音有点儿哑,他清了清喉咙,凝视着她:"倪清嘉。"

黄昏时分,漫天霞光映在她的脸颊上,她宛若从油画里走出的一位少女。

陈敬移开眼。

倪清嘉知道他在回答她刚刚提出的问题,但是他有必要这么惜字如金吗?

可他那般慎重地念着她的名字,倪清嘉心情大好,趁机说道:"那我以后找你问问题,不会影响你吧?"

"不会。"陈敬抬起手腕看了看手表,"我先去吃饭了。"

"行。"

真是她追到哪儿,他都要跑走。

倪清嘉笑了笑,冲他的背影喊:"陈敬!多喝水,你嘴巴干死了!"

陈敬的背影一僵,没有回应。

陈敬以为倪清嘉说的找他问题目是在课间休息,谁知道是在晚自习后。

为了躲开邹骏,倪清嘉溜去厕所待了几分钟。

回到教室,教室里又只有陈敬一人,她故技重施,坐在陈敬前桌的座位,随便找了道题。

"就这一道，保证不耽误你的时间。"倪清嘉信誓旦旦地说。

陈敬看了一眼题目，给了个公式。

倪清嘉没想到随手挑的是基础送分题，简单到都没法装不懂，懊悔地捏了捏自己的大腿。

倪清嘉面不改色地说："我看错了，不是这道。"

她换了道压轴题，陈敬做过，读完就知道做题步骤，在纸上边写字边讲解。

倪清嘉想起一件事，插嘴道："对了，我给你的奶茶喝了吗？"

陈敬镇定地说："嗯。"

他的语气比昨晚从容，但身体仍然显得拘束，收着手臂，三心二意地在草稿纸上计算着。

倪清嘉看向他的手。

陈敬的握笔姿势非常标准，食指、拇指轻触，笔杆随意搭着，稳稳当当的。不像倪清嘉一写字就握得很紧，又累又费力。

倪清嘉见过他转笔，那是他常有的小动作，笔在他灵巧的手中打转，如同飞舞的蜻蜓，怎么都不会折翅落地。

陈敬的手指干净修长，指节明晰，指甲微微泛粉，修剪整齐，上面还有小小的月牙。

手背隐约隆起一条青筋，延到清瘦的腕骨前消失。

"陈敬。"倪清嘉的嗓音柔柔的，"你是不是很紧张啊？"

不然为什么，他讲题的时候，从来不看她，也从来不转笔？

连下意识的小动作都收敛了，他得有多紧张。

陈敬的呼吸一滞："没。"

他抬眸看她，那双明媚的笑眼中盛着他的倒影。

陈敬又想躲闪。

"你看，你都不敢看我。"倪清嘉抓住他的小辫子。

教室里静悄悄的，他们说话的声音比平时说话要小几分，乍一听，好似在讲悄悄话。

陈敬不禁逗，被倪清嘉说几句就保持沉默，埋头当个闷葫芦。

倪清嘉在心里叹口气："我乱说的，你别在意。"

陈敬没应这句，继续给她讲题。

倪清嘉兴致缺缺地听完，起身说："谢谢你，我回家了。明天见，陈敬。"

她回座位收拾书包，看向窗外，走廊里空无一人，浓墨似的黑夜被一条条铁杆分割成块，有种支离破碎的美感。

倪清嘉故意放慢动作。

她在等，也在赌。

倪清嘉迈开脚步，背后终于响起陈敬的声音。

"倪清嘉。"他叫她的名字，独有的干净音色在夜里传到她的耳畔。

倪清嘉停下，没转身，眉眼已经含笑。

椅子和地板摩擦发出声响。

陈敬说："你等一下，我和你一起走吧。"

她不说话。

陈敬顿了顿，补上一句："可以吗？"

倪清嘉转身，陈敬是站着的，认真地询问她的意见。

短暂地对视，倪清嘉欣然一笑。

"好啊。"

倪清嘉在教室门口等陈敬熄灯锁门，这种感觉有些奇妙。

她和以前的高一时的同学放学后也会一起吃个夜宵什么的，但从来不是现在这种心情，像燃了一簇簇小火苗，想烧尽这广阔的平原。

陈敬出来了，拘谨地说："走吧。"

倪清嘉比他自然许多，哦了一声，先他一步下楼梯："走啊，陈敬。"

陈敬几步追上去，跟她保持三个台阶的距离，从他的角度正好能看见她的马尾在夜色里左右晃动。

"陈敬，你真慢。"倪清嘉停下来，等陈敬下了几个台阶，和他并排走。

楼道一下变得拥挤，她有意往他那边靠，陈敬几乎贴着墙下楼。

倪清嘉想笑，她是什么妖魔鬼怪吗？

好不容易走到一楼，陈敬指了指自行车棚的方向："我先去取自行车。"

"我跟你一起。"倪清嘉不让他跑。

气氛莫名有些尴尬。

两个人在昨天以前，从没有一起走过路。

陈敬扶了扶眼镜，黑色镜框下那双眼不知道应该看哪里。

倪清嘉感觉不到尴尬，满脑子想着怎么逗他玩。

"倪清嘉。"陈敬打破寂静。

他念她的名字，平缓清晰，如同清泉石上流，显得格外动听。

"嗯？"倪清嘉喜欢他叫她的名字。

陈敬说："晨会的时候老师说，晚上外面不安全，所以我……"

他在解释为什么和她一起走，怕冒昧的举动冒犯到她。

"我知道。"

陈敬说不出后半句，倪清嘉帮他说："你担心我嘛。"

"我——"

倪清嘉赶在他否认前打断："陈敬，你真是个好人。"

陈敬无言以对。

春末的夜晚风凉凉的，他却觉得有点儿热。

应了她的这句"好人"，陈敬不再说话，推着自己的自行车往校门走。

陈敬骑的是山地自行车，价格在自行车中偏高。

这辆车是去年过生日时他爸带他买的。

陈敬骑车是为了节约上下学时间，他认为买辆普通的款式就行。

但老板一直说很多男生骑这个，他爸觉得儿子一年过一次生日，买辆贵点儿的不过分，两个人渐渐把陈敬说得心动了，于是便买了这辆。

陈敬推着车，忽然感觉自己此刻的行为很多余。

山地自行车没后座，就算有，他也不可能载倪清嘉，那太逾矩了。

怕她一个人走夜路危险，他更不可能自己先骑车走。

偷偷瞥了一眼倪清嘉，陈敬默默地跟在她旁边。

倪清嘉没想这么多，她对他的车很感兴趣。

陈敬的自行车通体以黑色为主，构架简单利落，能调两档。她在上学路上看过他们学校的男生骑山地自行车,像风一样自由、轻盈,还有股子耍帅的范儿。

但她没见过陈敬骑山地自行车的样子。

倪清嘉问:"我没骑过这种自行车,我能试试吗?"

陈敬低头看她:"可以。"

怕倪清嘉上不去,陈敬把车座调到最低,扶着车把手示意她。

倪清嘉接过他的车,跨过车身坐上去,脚尖堪堪点地。

倪清嘉身高一米六二,这辆车对她来说太大了,她骑车的姿势很别扭。

她声音颤抖着说:"陈敬,你看着点儿我。"

陈敬:"我知道。"

街道上行人稀少,只有一盏盏路灯默默地伫立着,将他们的影子拉得很长。

倪清嘉蹬了一脚,力道软绵绵的,勉强骑了出去。带起一小阵风,吹开她额前的发,倪清嘉畅快地笑起来。

她骑车的速度很慢,陈敬小跑着跟在她后面。

昏黄的灯光将她的身影渲染得十分温柔,他追逐着她,永远保持着距离。

可骑车的少女忽然回头对他笑了一下,陈敬如同掉入彩色的旋涡,溺入无垠的海洋。

他一直知道她是在刻意地向他走近，但不知道她这样做的原因。

陈敬凝神注视着她的背影，似乎要寻求一个答案。

今晚多云，月影朦胧，星辰稀渺，跟着地上的一双人影一起奔跑。

倪清嘉望着路边不远处的小台阶，放缓速度。前轮咯噔一声下了台阶，车子倾斜，她的重心顿时不稳。

倪清嘉尖叫一声，脚底踩到地面，身体往一边倒去。

陈敬几乎是听到声音的刹那就跑向她，眼疾手快地扶住倪清嘉，也没管他的车："有没有事？"

倪清嘉向后退，陈敬跟着她踉跄了一下。

陈敬看见一束光打在她卷翘的睫毛上，她的脸映在雾蒙蒙的灯晕中，皮肤细腻得像落了一层金粉。

街边响起几声汽笛声，陈敬如梦初醒，顿时方寸大乱，慌慌张张地松开手，结结巴巴地道歉："对……对不起，我不是故意的。"

倪清嘉看着他无措慌乱的模样，眨了眨眼睛："你帮我了啊，为什么说对不起？"

"我……"

"应该我说对不起。"倪清嘉扶起地上的车，"把你的车摔了一下，你检查检查，有没有哪里坏了，需要修的话我赔你钱。"

陈敬没检查:"不用……"

"要的,你回去看看,说不定真的磕到哪儿了。"倪清嘉坚持着,扯了扯陈敬的衣袖,"我的车技太烂了,还是你骑吧。"

陈敬接过,车把上还有她留下的体温。

两个人步行回去,陈敬推着车,倪清嘉跟在他旁边走。一路上基本是倪清嘉在说话,陈敬偶尔回应一两声。

倪清嘉先到家,陈敬送她到路口,才骑车回自己家。他家到倪清嘉家五分钟的路程,这次他骑得飞快,只花了三分钟。

洗澡后回房间,他打开书包,摸到一套试题,又摸到四四方方的纸盒。

她送给他的巧克力奶茶,他没有开封,把它摆在桌上一眼就能看见的位置。

Chapter 03
他的眼睛

第二天,倪清嘉特意起早了一会儿,但仍然早不过陈敬。

她一进教室,陈敬有感应似的抬头,倪清嘉笑了一下,放下书包去小卖部。

她买了一个椰蓉包和一瓶牛奶,这回没给陈敬买东西。

倪清嘉笑盈盈地嚼着面包,从后门溜进教室,走到他身后。陈敬没看她。

倪清嘉咽下嘴里的面包:"你的车有没有哪里坏了?"

陈敬扭头:"没有。"

他压根儿没检查。

倪清嘉把包装袋扔进垃圾桶:"哦,那就好。"

班主任在这时进门,倪清嘉慢悠悠地回到自己的座位,装模作样地拿出早读的课本。

班主任没催课代表提前早读，说起学校的一个新通知。

新课程改革要求每所高中都要开设自主选修课程，拓展学生的兴趣范围。高一、高二的所有班级今天可以开始选择选修课的内容。

听到这个好消息，众人惊喜地欢呼："哇——"

早读铃响起，大家读书更起劲，似乎要掀翻天花板。

倪清嘉也在心底偷乐。

早读进行到一半，年级主任开始广播，和班主任说的是一件事。有的班级消息滞后，闻言立刻传出一阵阵骚动。

班主任咳嗽一声，补充道："等到你们选课的时候会有人来通知，到五楼的计算机教室，你们之前去过的吧。不要在走廊大喊大叫，影响别的班的学生，让人看了像什么样啊。"

众人嘻嘻哈哈地应声。

倪清嘉班级排在邹骏他们班后面，轮到倪清嘉他们班的时候正好赶上体育课。

他们在机房外等待，像一群小鸡崽子一样叽叽喳喳地讨论个不停。

邹骏最早选完出来，找到倪清嘉说："倪清嘉，跟我一起啊，我选的是什么茶文化。"

邹骏他们班全部选完，轮到倪清嘉进去。

邹骏在后面喊:"记住,茶文化啊。"

倪清嘉当没听见,进了机房先抢到陈敬旁边的座位。

她输入账号密码,登录选课系统,光明正大地看陈敬操作。

陈敬听见邹骏对倪清嘉说的话,鼠标在经过"中国茶文化探究"时顿了下,继续往下滑,勾了个"数独的入门与进阶"。

倪清嘉跟着勾选提交,意味深长地看了一眼陈敬。

班长催促着大家选完课后去上体育课,倪清嘉和薛淼淼结伴去操场。

薛淼淼问:"我选了剪纸艺术,你选了什么?"

"数独。"

"你有病吧?"

倪清嘉哈哈大笑:"你才有病。"

才三天,陈敬居然开始期待晚自习了,那是陈敬一天最放松也最紧张的时刻。

倪清嘉今天依然留了下来,她没问陈敬题目,拿着晚上的作业到陈敬的桌前:"陈敬,你的作业都写完啦?"

陈敬点了下头:"你哪道题不会,我可以教你。"

倪清嘉犯懒,根本不想写,没好气地说:"我哪道题都不会。"

明显不爽的语气，陈敬不说话了，安静地看着倪清嘉。

倪清嘉承受着陈敬审视的目光，投降道："好吧，好吧，我自己写。"

她做了几道题，受不了这么安静的氛围，回头看看陈敬，没话找话："陈敬，你近视多少度？"

陈敬的笔尖顿住："三百多。"

"哦。"倪清嘉透过镜片观察他的眼睛，忽然起了好奇心，"陈敬，你先别动。"

陈敬抬眸，不明所以。

倪清嘉小心翼翼地捏住陈敬的镜框，陈敬震惊得眨了下眼睛，但仍然一动不动。

倪清嘉屏息，缓缓地取下他的眼镜。

陈敬被她盯得有些别扭，伸手拿他的眼镜，倪清嘉不让他碰："我就看一下。"

陈敬的手停在空中，局促地垂着。

毫无阻隔地，倪清嘉看见一双湖水般澄澈的眼睛，如他的名字一样沉静。

陈敬的眼睛不大，瞳孔偏黑，没有杂色。从眼头靠后处悄悄开出一条褶皱，宛若一圈浅浅的涟漪，沉稳地敛起锋芒，刚柔并济，和他这个人很像。

倪清嘉惊讶地说:"原来你是内双啊,我一直以为你是单眼皮呢。"

"是吗,我也不知道。"陈敬低声道,"好了吗?"

倪清嘉把眼镜还给他,陈敬松了口气,戴上眼镜。

倪清嘉发自内心地称赞:"陈敬,你真好看。"

听清她的话,陈敬登时绷紧了身体,对不知如何应对的场面,陈敬通常会保持沉默。

倪清嘉不满地说:"你又不说话。"

陈敬张了张嘴,仍然不知道说什么。

他慌忙地抬眼,瞥见她略带埋怨,秀眉微蹙的脸。

陈敬移开眼。

安静的刹那,他听见教室外响起了雨声,淅淅沥沥,滴滴答答。

渐渐,雨势变大,雨落进走廊,敲打着窗户,噼里啪啦地砸响树叶。

这场雨解救了陈敬的窘迫。他指了指外面,笨拙地转移话题,清澈的声音混在雨声中:"下雨了。"

陈敬的话那么生硬、突兀,倪清嘉不由得失笑,顺着他说:"嗯,下雨了。"

倪清嘉饶有兴致地补充一句:"你晚上别骑车了,这雨估计一时半会儿停不了。"

陈敬干巴巴地嗯了一声。

倪清嘉转了转眼睛:"陈敬,你有带伞吗?"

雨声掩去她的话,陈敬像是没听清,隔了几秒才说:"没带。"

"那怎么办?"

陈敬想了想:"等雨小一点儿再走。"

"好。"她默认和他一起走。

陈敬接着做题,倪清嘉放下笔晃悠到走廊。

过了几分钟,她带着凉风进教室:"陈敬,雨小了。"

"好。"

倪清嘉走近,看见陈敬的题只写了一半,心里有些小小的负罪感:"你做完吧,不急。"

陈敬合上笔帽:"没关系。"

"有关系。"倪清嘉有点儿不高兴地说,"让你写就写呗。"

陈敬点点头。

倪清嘉满意地笑了。

趁倪清嘉收拾书包的工夫,陈敬写完了。

倪清嘉等着陈敬锁门,张口就夸:"陈敬,你解题的样子好帅。"

陈敬干咳一声。

二人下到楼下。黑漆漆的地面上积着一个个水坑，在灯光的照射下映出接连不断的涟漪。

雨声听着小，但落下的水花不小。

陈敬站住不动了，似乎在思考。

倪清嘉变魔术似的从书包里拿出一把伞，莞尔一笑："其实我带伞了。"

因为是走读生，倪清嘉常年会在包里备着伞，遮阳挡雨都用这把伞。伞面全黑，伞把上挂了一个小饰品，图案是她喜欢的卡通人物。

"走啊。"倪清嘉撑开伞，叫住发愣的陈敬。

倪清嘉把他拉到伞下，她的伞偏小，倪清嘉往陈敬的身边靠，陈敬往伞外逃。

"陈敬，淋雨容易感冒。"倪清嘉说。

陈敬不逃了。

陈敬比倪清嘉高，她需要抬手举着伞，风一吹，她的手跟着颤颤巍巍地左摇右晃。

陈敬低声说："我来吧。"

他捏住细长的伞柄，有意避着倪清嘉的手。

倪清嘉松开，转了转酸疼的手腕。

路边各色的招牌灯照着坑坑洼洼的水面，像七彩的星光坠入黢黑的长河。

雨滴清脆地落在伞面上，溅起小小的水珠，沿途凝聚，顺着伞扣从倪清嘉的身边掉下。

伞在往她的方向倾斜。

"陈敬。"倪清嘉叫他。

"嗯？"

陈敬有点儿蒙地应了声。

倪清嘉将伞摆正，轻声说："这样就行。"

哑然之际，他又听见她叫他："陈敬，一会儿我把伞留给你，你明天记得带回来还给我哦。"

"不用。"

"你家远，你拿着。"

陈敬沉默了几秒，才说："好。"

陈敬不知道自己是怎么回的家。

他的肩膀湿了一处，他撑开她的伞晾在洗手间，摸到那串吊坠，又把伞转移到厨房旁边的小阳台。

他随意地将书包放在椅背上，拿出一会儿要看的书，然后洗头、洗澡。

他敞开的黑色书包里，静静地躺着一把伞。

翌日，倪清嘉打着哈欠踩着点走进教室。

刚坐下，她瞥见桌边的挂钩上悬挂着她的伞，折得整整齐齐。

她清醒了半分,看向教室后方。陈敬低着头在学习。

倪清嘉回头,把伞放回书包。

课间,倪清嘉想找陈敬搭话,被外面一个粗声粗气的声音叫住了。

倪清嘉的座位靠近走廊的窗边,她一转头,看见隔壁班的赵宇格趴在窗台上,像只便秘的猴子。

"嘿,倪清嘉,放学后红酒肉走起啊。"

红酒肉是家烧烤店,他们以前常去那里吃夜宵。

倪清嘉朝他丢了块橡皮,冷冷地说:"你是帮邹骏问的吧?你去转告他,我不去。"

赵宇格和邹骏一个班。倪清嘉和赵宇格是高一同学,她后面才认识的邹骏。

"跟邹骏没关系,你去不去?就是咱们高一班的几个人,差几个美女。"

"差什么?"

"美女。"

倪清嘉很受用:"行,给我留个位置。"

赵宇格又扒着窗框问:"你知道我每次来找你,都特别像什么吗?"

倪清嘉没听懂。

赵宇格晃了晃铁栅杆，笑着说："像探监。"

倪清嘉斜眼瞧他，咬牙切齿地说："你有病吧！赵宇格！"

赵宇格抱头逃跑。

倪清嘉冲他喊："喂，还我橡皮擦。"

赵宇格假装没找到，一脚踩上倪清嘉的小猪佩奇样式的橡皮，然后捡起来扔给她。

小猪佩奇在空中划过一道完美的抛物线，精准地落在倪清嘉的桌子上。

倪清嘉瞅着黑不溜秋的猪头，气得牙痒痒。

放学后，倪清嘉和赵宇格他们去红酒肉吃烧烤。

来的都是以前一起玩的同学，倪清嘉很放松。

店里十分热闹，有不少下了课的学生来这儿吃烧烤，坐满了五六桌。一群人谈天说地，吐槽凶悍的年级主任，抱怨作业多，无所不聊。

有人说了个笑话，引得几桌人都哈哈大笑，倪清嘉跟着笑，捧腹间，看见烧烤店的门外掠过一个熟悉的身影。她眨了眨眼，起身追了出去。

那个人穿着校服，骑着黑色的自行车，身形清瘦。夜晚有风，他的外套被风吹得鼓鼓的，背后是各色的霓虹灯，头上是朦胧的云和月。

片刻后,那个身影逐渐远去,融进漆黑的夜色。

远得看不见了,倪清嘉还站在门口。

赵宇格跟出来:"干吗呢?"

吃饱喝足后,倪清嘉的脑子慢半拍,缓了会儿才悠悠地说:"看帅哥。"

"再不进来,你最爱的烤鱿鱼就没了。"

倪清嘉进门,看了一眼时间,发现陈敬比往常早了将近十分钟离开学校。

第二天是周六,白天照常上课,没有晚自习。倪清嘉自然没有留校自习,也没怎么和陈敬聊天,直到周日晚上返校,她才重新和陈敬说上话。

晚自习前,倪清嘉看见陈敬拿着水杯出去,装模作样地跟着。

"陈敬。"倪清嘉晃了晃自己手中的杯子,"你也去接水啊。"

陈敬快步下楼:"嗯。"

"一起啊。"

陈敬没停。

倪清嘉瞅着那个消失在楼梯拐角处的背影,挑了挑眉。

到了一楼,打水的人很多,排起两列长队。倪清嘉排在陈敬后面，身后的人推搡着，她揪住陈敬的校服，陈敬感觉到了，没有说话。

轮到他们，倪清嘉边接水边和陈敬聊天："陈敬，你有手机吗？"

陈敬简短地回答："怎么？"

"我加你 QQ 了，你通过一下我的申请啊。"

倪清嘉接着说："你今天不开心？感觉好冷漠哦。"

光顾着说话，热水差点儿溢出来。陈敬瞥了眼倪清嘉的水杯，伸手帮她按下关闭的按钮。

陈敬的脸色平静："没，我回去加。"

倪清嘉笑了笑。

陈敬提醒她："把杯盖拧紧。"

"哦。"倪清嘉照做。

回到教室，陈敬的眉心微不可察地皱起。

原来他的情绪表现得这么明显吗……

"陈敬。"

又是只剩两个人的教室。

倪清嘉没走："你真的每天都会留下来学习啊？"

陈敬点点头。

"那我等你一起回家。"

"不用……"

"我不想一个人回家。"倪清嘉搬了张椅子坐在陈敬旁边,撑着下巴看陈敬,"你写你的,不用管我。"

陈敬写错一个数字,低声说:"你可以和你的朋友一起回家。"

他画掉错字:"不用……等我。"

倪清嘉若有若无地笑了一声,语调轻缓:"你猜,我为什么不和他们一起?"

陈敬摇了摇头。

"不猜,还是猜不出?"

陈敬的声音有些沙哑:"不猜。"

"也是,你这么聪明,怎么会猜不出来呢?"

陈敬绷着脸,不言语。

陈敬严肃的时候看着很冷漠,下颌线紧绷,眼神也冷。

尤其是隔着镜片,那双眸子一垂下便好似一道无形的屏障,泛起冰冷刺骨的凉意,拒绝和周围的一切交流。

从前那双眼是澄澈的湖,此刻是飘雪的海。

看着这双没有温度的眼眸,倪清嘉垮下嘴角。

"又不说话,你总是不说话。因为我的学习成绩不好,你和我没有共同语言吗?为什么你和他们这么有话聊?

"而且,明明是你之前让我和你一起回家的,你现在是什么意思?你是不是觉得我成绩太差,所以瞧不起我?"

陈敬动了动嘴唇，低低地发出一个声音："没……"

虽然是否认的话，但是听在倪清嘉的耳中，怎么都有种违心的感觉。她认定了陈敬歧视差生，所以才要和她保持距离，顿时气不打一处来。

带着难堪的怒意，倪清嘉一字一句地说："陈敬，如你所愿，我不会再缠着你给我讲题了。"

说完，倪清嘉怒气冲冲地走出教室。

陈敬连忙追出去："不是……"

倪清嘉头也不回地吼道："别跟着我！"

教室里照出的灯光将陈敬的脸映得煞白，他停住脚步，无措地看着倪清嘉的背影消失在楼梯拐角处。

出了校门，走过一个路口，倪清嘉看见骑着车匆匆跟来的陈敬，头一撇，嘴一噘，假装没看见。

陈敬见到人立刻下车，头发湿了一片，被风吹散开，向后立着。

"倪清嘉。"他低低地喘着气，声音很好听。

倪清嘉的耳朵一动，抱着手臂仍然不回头。

"对不起！"陈敬道了歉，"我没有那个意思。"

倪清嘉大步流星地往前走，声音冷冷地说："都说了，别跟着我。"

后头的人没声了，只有自行车链条转动的声音。

长长的街道上，扎马尾的少女气呼呼地走在前面，一脸歉疚的少年推着车跟在后面。有晚风吹过，他们的校服下摆微微飘动。

一直僵持到倪清嘉快到家，两个人再也没有说过话。倪清嘉装作不经意地转头，陈敬还在，和她撞上眼神后又慌张地闪躲。

陈敬应该是跑着出教学楼的，一边的衣领向里翻着，走了一路都没察觉。

倪清嘉的强迫症犯了，忍了又忍，还是没忍住，吼他："你的领子！"

陈敬有点儿蒙："什么？"

倪清嘉皱着眉大步上前，重重地拽下他的衣服领子，跺了跺脚："烦死你了。"说完也不等他回应，气冲冲地回了家。

崭新的一周，他们要开始上选修课了。

选修课实行走班制，不同的课程在不同的教室上。邹骏眼睁睁地看着倪清嘉路过上茶文化课程的教室，径直走上五楼，默默地叹气。

倪清嘉找到数独课的教室，一眼注意到最后一排的陈敬。

"我要坐里面。"倪清嘉直接说。

陈敬站起身，让倪清嘉进去。

倪清嘉挨着窗，转头就能看见校园的春色。天高云淡，和风送暖，一棵银杏树快和教学楼比肩，枝丫冒出层叠的新绿，葱郁中露出无垠的蓝天。

"位置选得不错。"倪清嘉这样评价，然后蛮不讲理地说，"以后数独课你帮我占位置吧。"

陈敬默不作声。

"又哑巴了。"

陈敬闷声道："我不是哑巴。"

他的反应有点儿可爱，倪清嘉差点儿笑出声，想到两个人昨晚还闹得不愉快，立刻把笑声憋了回去。

板着脸，她冷不丁地刺他一句："也是哦，哑巴怎么能给女同学讲题。"

陈敬埋头写作业，不跟倪清嘉对话。

选修课大家都上得随便，倪清嘉连支笔都没带。还有人带的是课外书，唯有陈敬最奇葩，来这儿写作业。

过了几分钟，老师开始上课，陈敬暂时停下笔。老师先介绍数独的历史，接着展示例题，介绍各种解法。

满屏的数字九宫格，没几分钟，倪清嘉困得打哈欠，眼泪直往外冒。

她侧头瞄陈敬，他正抬手扶眼镜，拇指一推，细细的镜框动了动，稳稳地架在高挺的鼻梁上。

老师给每个人发了纸质数独题，倪清嘉看也没看，丢给陈敬。陈敬一边听课，一边已经填了大半张。

不得不说，陈敬专注的模样很迷人。尤其是他垂着眼，睫毛会落下弧形的浅影，眼皮上潜藏的褶皱舒展着，宛若清新的嫩叶。

他解题从不会有面部波动，云淡风轻地写下数字，不自喜，也不自疑。在擅长的领域里，陈敬是发光的。

倪清嘉偏偏看不惯他这股认真的劲儿。

"陈敬。"倪清嘉撇着嘴，拿铅笔在陈敬的纸上乱画，"好无聊。"

老师在PPT上展示新例题，难度比方才略高，底下的同学稀稀拉拉地应声。

陈敬压着声音说："别闹了。"

"哼。"倪清嘉从鼻子里出气，在他的纸上画了一只猪头，然后又在猪耳朵旁边写上"陈敬"二字。

陈敬瞥了一眼，为她幼稚的行为弯了下眼。

他一心二用，填上剩余几个空格。

写到最后，发现前面有个数字重复使用，他粗心大意没有发现，现在必须推翻重来。

一子错，满盘皆落索。陈敬输得好彻底。

Chapter 04
他很清醒

陈敬是什么时候注意到倪清嘉的呢？追根溯源，可以从分班后的第一天说起。

彼时他考试失利，郁闷了好几天。新班级里没有认识的同学，陈敬对谁都是礼貌、冷淡的模样。

换到高二的新教室，班主任号召众人大扫除，陈敬负责提水、倒水，擦窗户。有一块玻璃在教室门框上方，擦窗户的队伍里只有陈敬的个头最高，他只好揽下这活，踩着椅子上去。

他闷头擦到一半，感觉有人扶住了他的椅子。陈敬低头，看见一个女生仰着头看他。

"你的鞋底有水，会打滑。"她这么解释。

陈敬哦了一声，继续擦玻璃。

那块玻璃上满是灰尘，估计八百年都没人碰过，抹布顿时黑得像块炭。

陈敬抽了抽嘴角，准备去洗抹布。

女生看见他垂下的手，主动说："给我吧，你上来下来怪麻烦的。"

说完，她非常自然地拿走陈敬手里的脏抹布，用陈敬先前提的水搓洗。

她挽着袖子，露出一截细嫩的手臂，弯着腰，低着头，马尾从一侧垂下，白皙的后颈若隐若现。

这是陈敬对倪清嘉的第一印象。

倪清嘉洗完抹布交给陈敬，陈敬低声道谢，继续擦剩余的玻璃。

全程不到五分钟，两个人的交流不超过三句话，可陈敬就是记住了她。

倪清嘉的人缘很好，第一天就交到新的朋友，还有外班的同学来找她，和她打打闹闹。

从别人口中，陈敬听到她的名字——倪清嘉。

写起来好多横竖，跟她的人一样横冲直撞，明艳得过分。

再一次说上话是在第一次月考后，陈敬的成绩名列前茅，瞬间成为全班的焦点。

倪清嘉跑来笑盈盈地和他拉近关系："我叫倪清嘉，以后请多关照。"

陈敬当然清楚，她说的关照，是指关照她的作业。陈敬当时非常平静地看了她一眼，没有答应，也没有拒绝。

恰巧有个外班的同学在门口叫她，倪清嘉走了。陈敬轻轻地瞥了一眼她的背影，竟然隐隐有些期待她会借此来找他。

没过多久，陈敬在路边看到倪清嘉和朋友吵架，吵得很凶。最后那个人把倪清嘉丢在十字路口先走了，倪清嘉蹲在地上抱着膝盖哭。

陈敬在等红绿灯，没忍住，给她递了一张纸巾。她的头埋在胳膊里，以为是去而复返的朋友，骂了他几句。

陈敬没吭声，走了。

陈敬心想，他还是更喜欢看她笑。

她的脾气有时候很暴躁。有一次体育课的自由活动时间，她和隔壁班的几个女生起了点儿小冲突，闹得不太愉快。

陈敬那时也注意到了女生们的争执，远远地望向那边，看见倪清嘉气得脸都红了，眼泪在眼眶里疯狂地打转，也绝不在别人的面前流下来。

后来回到教室，陈敬听说她是为了另一个女同学出的头。可陈敬知道她和那个同学的关系并没有那么深，倪清嘉只是单纯看不惯隔壁班的人欺负他们班的同学。

陈敬不知道她们具体发生了什么事情，更不好去问，只能又偷偷地往她的抽屉里塞了一包纸巾，他不想看见她哭鼻子了。

陈敬好像了解她多一点儿了，像那天随手扶住他的椅背，她明媚张扬的外表里，有一颗柔软善良的心。

一星期后的体育课，隔壁班同学和她们和解，倪清嘉欣然接受，她早就不生气了。陈敬看见她们再次有说有笑的，改变自己之前下的结论，她的脾气也挺好的嘛。

后来，陈敬总是能在人群中一眼就看到她，其他人都变成了背景板。

倪清嘉会和走廊里经过的认识的同学打招呼，陈敬希望有一天她也会这么和自己说说笑笑。

但是他很胆小，也清楚他们完全不是一类人，更没有和倪清嘉这种性格的女生接触过。他只敢在她不知情的时候帮点儿她的小忙。

倪清嘉送他的奶茶，陈敬经常见她喝，于是曾经偷偷买过，想尝尝她喜欢的味道，最后皱着眉头喝完，甜得发苦。他的口味淡，和她的喜好截然不同。

陈敬一度觉得自己欣赏的是在脑子中臆想出来的完美

的倪清嘉。可陈敬知道倪清嘉的好,也看到倪清嘉的不好。说不出缘由,道不清想法,他就是觉得倪清嘉很好。

倪清嘉到家的第一件事情是给陈敬改备注。

做同学这么久,她前几天才与陈敬互加了社交软件好友,到现在一句也没聊过。

倪清嘉不热衷于网聊,她喜欢直接见面,能看见对方的表情,而隔着手机屏幕,总觉得少了点儿什么。

如果对方是陈敬,倪清嘉还是有兴趣和他聊一聊的。

倪清嘉找到列表的"CJ",点击添加备注,输入"陈敬"二字,完成。

接着她点进聊天对话框:到家了吗?

语气略微生硬,倪清嘉又加了个可爱的表情包。

等了几分钟,耐心耗光,她直接拨打了一个语音通话过去。

陈敬在刷题,听到铃声以为是骚扰电话,看见头像愣了几秒,才接起来:"喂?"

倪清嘉气势汹汹地质问:"陈敬,我给你发消息,你怎么不回?"

陈敬切换出去看消息,解释道:"在做题,没看手机。"

"哦,我打扰你了?"

陈敬低声说:"不打扰。"

"我这么和你聊天,你能写得下去吗?"

"能。"

"行,我去洗个手。"倪清嘉语气带笑,一字一顿地说,"不准挂。"

没多久,电话里传来哗哗的水声。

陈敬把手机放到一边,提笔看题,慢慢进入学习状态。

突然,水滴声里夹杂着倪清嘉的声音:"陈敬,你在吗?"

陈敬:"嗯。"

"我要抹洗手液了哦,我妈新买的,柠檬味。"

安静了几秒后,电话里又传来倪清嘉的声音:"好香,下次给你闻闻,你一定喜欢。"

"陈敬,人呢?"

"在。"

"写几题了?等下我要检查。"

"好。"

"我要休息喽。"

"陈敬,晚安。"

玻璃窗映出陈敬淡淡的笑容:"晚安。"

第二天，倪清嘉准时踩点到教室，利用最后一分钟偷偷给陈敬塞了个肉松面包。

陈敬："我吃过了。"

"那你留着下节课间吃，学习那么辛苦，多吃点儿怎么了。"

铃声响起来，倪清嘉跑回座位。

课间，林月来找倪清嘉。

林月是舞蹈社的社长，五月底学校有校庆晚会，她负责编排一支舞蹈。

林月想让倪清嘉参加校庆的舞蹈表演："舞蹈已经编好了，不难。这几天就开始排练，现在还差一个女生，你要不要来？"

倪清嘉想了想，问："校庆晚会要在哪里举办啊？"

林月说："操场上。"

"每个人都要来看？"

"那肯定啊，十年才这么一次。"林月怕倪清嘉不答应，又说，"排练基本就在放学后和周末，不会耽误太多学习时间的，这也算一次特别的经历嘛。怎么样，来不来？"

倪清嘉笑了："来。"

林月很高兴："太好了，下午我就把名单给老师报上去。晚上咱们可以先一起看一下选的舞蹈，我现在去通知他们。"

"行，晚上见。"

于是这晚，倪清嘉给陈敬留下一句"我要练舞"，便潇洒离去。

舞蹈教室在对面三楼的楼梯拐角处，陈敬站在走廊上远远望着，那一间小教室是那栋教学楼里唯一的光亮。

陈敬沉默地坐回位置，没了闹腾的倪清嘉，他的做题速度并没有变快，写了十几分钟便草草地收拾书包。

看到舞蹈教室的灯已经暗下来，他急忙锁门下楼。

练习舞蹈的大部队到了学校一楼大厅，有男有女，远远就能听见欢声笑语。

倪清嘉跟林月走在一起，林月说："我还以为你不会答应呢。"

倪清嘉高一的时候也是舞蹈社团的，她和林月在同一时间进的社团，关系一直不错。倪清嘉待了一个学期就退出了，林月则一直留在社团，当上了社长。倪清嘉退团那会儿林月还劝了她好一阵子。

林月小学时练过几年舞蹈，她觉得倪清嘉的身体条件很好，四肢纤细，柔韧感和平衡感都不错。可惜倪清嘉对舞蹈兴趣不高，她留不住。

倪清嘉瞥见从楼梯口出来的陈敬，随口说："感觉在校庆上表演挺有意义的,这不是全校同学都能看见吗。"

林月点点头:"到时候我跟老师争取下,把咱们的服装弄得好看些,再请个专业点儿的化妆师,把每个人都打扮得美美的。"

"行,靠你了。"倪清嘉笑了笑,余光总是不自觉地往后瞟,"对了,林月,我突然想起来有作业落在教室了,你先走吧,不用等我。"

林月:"那你一个人回家路上小心。"

"好的,明天见。"

倪清嘉停在原地,手一勾,陈敬便跟上来了。

两个人回家的路上,倪清嘉虽然没有给陈敬笑脸,但也没有排斥和他同行。她不说话,也不看陈敬,就这么沉默地走着。

已经放学快半个小时,校门口没什么学生,只有一辆辆飞驰而过的汽车。陈敬安静地推着自行车,努力在脑子里寻找话题。过了几分钟,他终于想出一个,干巴巴地开口:"舞蹈难吗?"

晚风把倪清嘉的碎发吹到嘴边,她拨了拨头发,说道:"还行,动作都不算难,但是队形变换太多了,估计要记很久。"

"这样啊,那是不是要排练很久……"陈敬试探地问,

"你周日有空吗?"

"怎么,想和我出去玩啊?"倪清嘉说,"很遗憾,我要排练。"

陈敬注视着倪清嘉,又移开眼,过了几秒说:"知道了。"

两个人各自到家,倪清嘉到周日才懂陈敬那句"知道了"是什么意思。

此时她在舞蹈教室饱受煎熬,倪清嘉四肢协调,但有两个毛病:记动作慢,体力差。

被带着抠动作的学姐点了几次名,好不容易熬到解散,她大汗淋漓地抖了抖衣服,给自己扇风降热。

林月惊喜的声音从门外传来:"哎,你们谁点奶茶了?"

一群人闻声而去,围着门口的一排饮品讨论。

倪清嘉最后一个出门:"堵在这里干吗?"

林月说:"不知道谁给我们买奶茶了,是不是学姐啊?"

学姐比他们早走。

"有可能,管他呢,我渴死了。"

"我也是,好人一生平安!感恩!"

"谢谢学姐!"

林月给倪清嘉捎去一杯,倪清嘉盯着手里的奶茶越想越不对劲,这是她回家路上某家奶茶店的包装。

告别众人，倪清嘉给陈敬打电话。

过半分钟，陈敬接起来："喂？"

陈敬那边很安静，倪清嘉问："你在哪儿？"

"图书馆。"陈敬站在图书馆楼梯的角落，压低声音，"怎么了？"

"哪个图书馆？"

"城西。"

"行，我一会儿去找你。"

倪清嘉往家里跑，校服灌进一阵风，微微扬起，如同蝴蝶般翩跹。在她的脚下，扬起一阵轻快的灰尘。

倪清嘉飞快地洗了个澡，怕出汗，她直接打车去。

城西图书馆的自习室就那么一间，坐了十几个学习、看书的人。

倪清嘉轻手轻脚地进门，陈敬似有感知，蓦然回头。

视线交会之际，陈敬放下笔。

倪清嘉在他旁边的空位上坐下，借他的笔写了几个字：不学了？

陈敬点点头，和倪清嘉一起走出图书馆，终于能说话了。

"还有三个半小时。"倪清嘉通报返校时间。

陈敬闻到淡淡的柠檬香："你想去哪儿？"

"其实，在图书馆一起学习也可以。"

陈敬说："怕你无聊。"

倪清嘉眉眼弯弯："不无聊啊。"

"换一个。"

倪清嘉想了想："不如我们去吃饭吧。"

才不到下午三点，还没到饭点，陈敬疑惑地问："你饿了？"

"有点儿。"倪清嘉伸出一根手指戳戳陈敬的手臂，"拜托，跳舞很消耗体力的。"她午饭吃得早，又练了几个小时的舞，这会儿肚子便饿了。

陈敬点点头："好，你有什么想吃的吗？"

倪清嘉十分随性地说："没想好，边走边看呗。"

陈敬又是一声"好"。

图书馆附近有一家商场，两个人简单讨论了一番，决定步行去那儿看看有没有好吃的店铺。

路程不远，倪清嘉慢悠悠地走，陈敬为了迁就她的速度，也慢悠悠地走。

正是春夏交替的季节，路边的几棵树上开了一些花，小小的，或粉或紫，夹杂在绿叶之间，星星点点，很是漂亮。吹过一阵风，花与叶一齐摇曳。空气里飘来一阵淡淡的幽香，倪清嘉深深地吸了一口，心情不自觉地变好。看着身边背着书包的人,她清了清嗓子,开口说道:"陈敬,干吗突然想找我出来玩?你之前不是还嫌我成绩差,不愿意和我一起回家吗?"

"我没有……"陈敬没听出她话语中调侃的笑意,立刻否认,扭过头看着她,又低声说了一遍,"我没有那么想过。"

倪清嘉当然知道陈敬的本意,只是想故意逗他玩。听见他的回答,她笑了笑:"那以后我还能继续找你问题吗?"

陈敬嗅着花香,轻轻嗯了一声。

其实这次和她一块儿出来,他就是想解释清楚这件事。他从来没有过那样的想法,可因为口拙,让她产生了误会,两个人闹了不愉快。他看了一眼倪清嘉,她脸上挂着笑,他松了口气。

走了几分钟,他们到了商场。商场的一楼和二楼是服装区,三楼是美食区,两个人坐上电梯,直奔三楼。

虽然这会儿不是饭点,但三楼的人还是很多。这里开了不少店,火锅、烤肉、牛排,种类繁多,应有尽有,好几家门前都排起了长队。

倪清嘉被香味勾得更饿了,一路走一路看。

陈敬问:"有想吃的吗?"

"有是有,但人也太多了,感觉排队都要排一个小时。"

倪清嘉左瞧右看,向斜前方一指,"要不就这个吧。"

那是一家普通的小吃店,卖冰粉和炸串,也卖一些小面之类的小吃。倪清嘉没吃过,选这家纯属因为不需要排队。

陈敬没有意见。

两个人进店点单,倪清嘉要了一份玫瑰糍粑冰粉和几样炸串,陈敬没吃过这类食物,照着倪清嘉的单子点了份类似的。

"我还想要份炸酱面,老板,能点半份吗?"倪清嘉觉得自己吃不完一整份。

老板闻言,摇头说"不行",倪清嘉便不打算点了,瞥到身旁人的衣角,想了想,一脸期待地问道:"陈敬,你吃炸酱面吗?吃的话我们可以一人分一半。"

陈敬一顿,点点头。

倪清嘉高兴地拍了拍手,说:"老板,要一份炸酱面,再给我一个小碗,谢谢。"

"好嘞。"老板迅速记下。

店里有空位,倪清嘉随意挑了个位置坐下,陈敬在她对面坐下。他的手拘谨地放在膝盖上,眼睛盯着桌面。真到面对面坐着,他却不知道该说些什么。他是那么不善言辞,害怕过度沉默会让两个人陷入尴尬,只好把各种话题先在大脑中过一遍,然后才开口:"你——"

"冰粉来喽!"

老板的声音打断了陈敬的话,他差点儿咬到舌尖,默默地闭上嘴。

"谢谢老板!"倪清嘉欣喜地说,拿着勺子舀了一口冰粉,抬眼问陈敬:"你刚刚要说什么?"

"没……"陈敬自己都忘了要说什么,埋头吃起冰粉。冰粉甜甜的,有玫瑰花的香味,他吃不惯,微微皱起眉头。倪清嘉倒是吃得开心,还小声地和他说:"这家店的生意竟然不好,不应该啊,明明挺好吃的。"尝了几口,她又自言自语,"可能是还没到吃冰粉的季节。"

"嗯。"陈敬胡乱地应答着,仔细品尝起她口中"挺好吃"的冰粉,味道似乎比刚才好一些。

陈敬似乎完全多虑了,他根本不需要努力找话题,倪清嘉总能找到合适的时间点开口。她对他说学校旁边有一家冰粉店也很好吃,他有机会一定要去试试。炸串上来了,她又聊起炸蘑菇的美味,夸张地说:"我怀疑我上辈子是个真菌,任何菌类怎么都这么好吃呢。"

陈敬第一次听到这种说法,微微弯了眼,他拿起一串香菇尝了尝,说:"是很好吃。"

"是吧,是吧,我就说。"倪清嘉如遇知音。

很快,炸酱面也做好了。倪清嘉拿了双干净的筷子,夹了点儿面条到小碗里，剩下的大碗给陈敬。她吃了一口，味道一般，压低声音说："还好只要了一碗。"

虽然先前说的是一人一半，但倪清嘉吃了一小碗就饱了，大部分还是进了陈敬的肚子。等到结账时，倪清嘉提议AA，陈敬小声地说："我吃得多，我来付吧。"

她看着他，扑哧笑了一声，没和他争："那下次我请你吃。"

出了店门，倪清嘉看见拐角处新开了一家夹娃娃的门店，里面摆放着数十台娃娃机，机器里既有毛绒玩偶，也有各种包装的零食。她顿时有了兴趣，喜笑颜开："这样吧，陈敬，我给你夹个娃娃。"

陈敬还没说"好"，倪清嘉已经进门准备兑换硬币，他唯有背好书包跟进去。

新店开业，活动的力度很大，满十送五，还能参与幸运抽奖。倪清嘉兴致勃勃地拿着一手的硬币问陈敬："你喜欢哪台机器里的奖品？"

陈敬："都行。"

倪清嘉有些不满："哪有都行的？"

她这么说，陈敬只好从里到外认真地看了一下。零食和动漫手办，他不感兴趣，口红和护肤品，他也不需要，最后，他在各式各样的玩偶之间选择，指着一台满是可爱玩偶的机器说:"就这台吧。"

透明的玻璃柜里,有一只只撑伞的小兔子,毛茸茸的,脸上是各种软萌的表情。

"你喜欢这种啊。"倪清嘉莞尔一笑,朝他挤眉弄眼。

陈敬语塞,还没来得及再多说些什么,倪清嘉已经自信满满地又说一句:"好,肯定给你抓一只。"

她投了一枚硬币,目光紧盯着机械爪的位置,手上推动操纵杆调整方向。啪的一声,倪清嘉按下按钮,爪子下移,略微歪了一些,仅仅碰到了小兔子的耳朵,抓空了。

她不服气:"再来。"

倪清嘉接连投了几枚硬币,继续抓,机械爪只摸到了兔子的尾巴和脚,仍旧抓了个空。

"他们是不是调过这个爪子的抓力啊,怎么总是抓不住,我就不信了……"

店内斑斓的灯光照着她气愤的脸,不知怎么,陈敬觉得她现在很像机器里面其中一只愤怒扬眉的小兔子。听着她的碎碎念,他低低地说:"要不,我来试试?"

"行。"倪清嘉让开位置,给陈敬递过去几枚硬币。

陈敬没玩过娃娃机,先去网上搜了下抓娃娃的诀窍,浏览几遍,准备实践。他摇晃着机械爪,看准位置,眼疾手快地按下按钮,成功抓到了兔身。玩偶腾空而起,但没几秒,落回了原位。

"哎呀,就差一点儿。"倪清嘉哀叹道,"你再试试,感觉比我有希望。"

两个人都低着头,弯着腰,目不转睛地盯着玻璃柜里面的毛绒玩偶。周围满是喧闹的人声,他们仿佛听不见,专注地屏住呼吸。彩色的光自他们身上流转而过,他们恍若未觉,紧张地注意着机械爪的方向。

"就是现在。"

两个人同时按下按钮。陈敬的动作更快,倪清嘉直接打到了他的手背上。她的力道很大,他的指尖微微发疼。

"对不起,对不起。"倪清嘉嘴上道着歉,眼睛仍然看着下挪的爪子。

"没事。"陈敬迟了几秒,低声说。

只见机械爪准确无误地抓住了兔头,稳稳当当地挪到了出口位置,哐当一声,小兔子落了地。

"抓到了。"倪清嘉笑着拿出那只撑着伞的兔子,递给陈敬,"给你。"

陈敬摸着毛茸茸的玩偶,说:"谢谢。"

"谢什么,本来就是给你抓的。"

倪清嘉手中还剩几枚硬币,她索性全花了。有了前面的经验,很快又到手一包薯片,她直接拆了吃。

玩到后面,他们还参与了店内抽奖,不过运气一般,只抽中了一包纸巾。

等两个人到达学校,只剩三分钟时间。

倪清嘉让陈敬先进,她踩点踩习惯了,陈敬这么迟却是头一次。

果然有同学来问陈敬:"怎么今天这么晚?我还苦苦地等着你的数学作业呢。"

陈敬从装了兔子玩偶的书包里抽了张卷子给他,随口回道:"家里有事。"

同学没太在意,接过试卷说:"谢天谢地,我祝福你下学期直接升到火箭班。"

陈敬笑了笑。

同学心想,陈敬最近的心情不错,笑的次数都变多了。

晚自习的课间,邹骏把倪清嘉叫了出去。

倪清嘉靠着栏杆:"干吗?你又有什么事?"

邹骏说了一通,大致是想邀请倪清嘉月考后一起出去玩。

倪清嘉装模作样地说:"都要月考了,还玩什么啊,不知道好好学习吗?"

"我说考试过后……考完不是有两天的假期吗,我们可以去山海亭,听说最近翻新了,现在很多人去。我叫了赵宇格,你可以叫一个你的朋友。"

山海亭是郊外的一处景区,两面环山的海上修了一座八角亭,故景区名为山海亭。倪清嘉小时候跟父母去过,后来那里环境污染严重,关闭了很长一段时间。

"两天?我可不去。"倪清嘉不动声色地走到一边,"我约了朋友出去玩。"

邹骏皱了皱眉:"谁?"

课间的走廊乌泱泱地站了一群休息的人,倪清嘉在来往走动的人中看向教室里的陈敬。他在灯光下安静地低着头,手上捧了一本书,像记忆里的山海亭,和嘈杂纷乱隔绝,任风吹浪打,仍屹立不动。

倪清嘉笼在阴影里的脸不自觉地变得柔和,语气随意:"他。"

顺着倪清嘉的目光看去,邹骏皱了皱眉:"那个四眼仔?"

倪清嘉当即冷了脸:"嘴巴放干净点儿。"

邹骏没把她的话放在心上,喷了一声:"跟个小白脸似的,这种人除了学习还会什么。"

倪清嘉虽然和邹骏不熟,但都是一个学校的同学,邹骏也没做过对她不利的事,所以她从没想过撕破脸。

可邹骏这句话，直接触到了她的底线。

"滚。"

邹骏没听清："什么？"

两个人的体型差距大，倪清嘉抱着手臂，毫无怯意地说："让你滚，没听见吗？只会对别人的外在评头论足，背地里也没少对女生指指点点吧。邹骏，你真让人恶心。"

邹骏的脸一阵红一阵白："我没——"

倪清嘉不想听他废话，打断道："我和谁做朋友，都不会和你做朋友。"

恰巧上课铃声响了，倪清嘉头也不回地进了教室，邹骏也气愤地离去。

陈敬从倪清嘉进门的脸色判断，两个人聊得不愉快，他便什么也没问。

Chapter 05
是个好人

次日,陈敬准备去办公室送作业,刚出教室就遇见邹骏,两个人身高相仿,一下对上眼神。

陈敬轻描淡写地擦肩而过,没太在意。

邹骏似乎不打算放过他,上前拦住陈敬的去路。

"同学,可以帮我叫一下倪清嘉吗?我找她有事。"

陈敬一顿,低声说:"你等一下。"

邹骏不怀好意地笑了笑:"麻烦你了。"

陈敬走进教室,很快出来:"她说没空。"

邹骏得意了不到一分钟,睨了陈敬一眼。

陈敬没把邹骏放在心上,谁料邹骏直接视他为眼中钉,处处想使绊子。

体育课,两个班级一起上。女生这个学期的期末考核为跳长绳,男生是篮球,不在一个场地练习。

剩最后十分钟,老师放她们自由活动,大家各自散了,偷摸着回教室。

倪清嘉没跟大部队走,准备去找陈敬。

到篮球场,男生的队伍解散得更早,没见几个同班的人。

倪清嘉正要走时碰着个熟人:"喂,赵宇格。"

赵宇格急着买水喝:"干吗?"

"听说你考完试要和邹骏去山海亭,还要带上我?"倪清嘉阴阳怪气地说,"我有没有和你说过,不要插手我和邹骏的事。你再这样,咱俩朋友也没得做。"

赵宇格连忙否认:"我可没答应他,他说要我帮他,我没同意。"

"那最好喽。"

"我还不知道你脾气吗,你看我像是两边倒的人吗?"赵宇格回头看了一眼,话锋一转,"对了,邹骏跟你们班那谁有过节吗?"

"谁?"

"陈敬,戴眼镜的那个,一解散就拉着他比篮球。"赵宇格指了指篮球场最角落的位置,"这不,还在那儿打。"

篮球架挡着,周围还全是打篮球的高个子男生,倪清嘉刚才没看见。赵宇格一说,她一下看到了陈敬。

"坏了。"

倪清嘉在篮球场上横冲直撞,运球的男生全都避着她。

赵宇格问倪清嘉:"喂,你干吗去?"

倪清嘉不回头,走到场地最里面的篮筐下,拦住带球进攻的邹骏。

邹骏投篮的姿势已经准备好,一个没收住,篮球飞了出去。

篮球眼看就要砸在倪清嘉的身上,陈敬眼疾手快,截下了那颗篮球,湿着头发问:"你怎么来了?"

倪清嘉瞪了陈敬一眼,又转向邹骏,面色冷到极点。

"你再找他试试。"

邹骏耸耸肩:"切磋下球技,不行?"

倪清嘉不怒反笑:"邹骏,你那么能耐,怎么不和他比成绩、比分数啊?"

唯一没搞清楚状况的赵宇格试图从中调解:"那个,有话好好说……"

没人理他。

赵宇格见气氛不对,直接开溜:"我去买水,你们慢慢聊。"

倪清嘉也拽着陈敬离开。

出了篮球场，倪清嘉开始数落陈敬。

"你是猪吗？他明显是找你碴儿的，你搭理他干吗？"

陈敬刚运动完，穿着短袖，外套拿在手中，小臂隆起一条青筋，脉搏突突地跳动。

一滴汗从脖颈流进领口，显出一道水迹。

陈敬的眉眼淡淡地弯起。

"你还笑？"倪清嘉说，"你不知道他是篮球队的啊，还跟人家比篮球，他就是故意拿你找面子啊。"

"嗯。"很久没说话，陈敬一开口，声音有点儿沙哑，"是很久没打篮球了。"

考试考的是运球和定点投篮，陈敬上高中后没打过任何对抗性质的篮球比赛。

倪清嘉闻言拔高音调："那你还搭理他！你是不是蠢？还笑！"

陈敬收敛笑意，忽然靠近倪清嘉。

倪清嘉闻到他身上轻微的汗味，和平时的感觉不太一样，后退一步："干吗？"

头顶的树叶沙沙作响，在阳光下绿得发亮，席卷而来一股葱郁的夏天气息，还有浅浅的热浪。

倪清嘉听见陈敬说："我又不是水做的，你还怕别人欺负我啊？"

"反正我不乐意。"倪清嘉哼了一声。

"我输了也没关系。"

"你怎么什么都没关系。"

邹骏找陈敬,陈敬大致知道是为什么事。男生有男生的交流方式,一场篮球赛而已,陈敬不会躲。

就算输得很难看,陈敬也不认为这能代表什么。

"别气了。"

倪清嘉的声音小了下去:"我是怕伤到你自尊心。"

"我哪有这么脆弱。"

"不管,下次你不准理他。"

"知道了。"

另一头,篮球场。

邹骏投进一个三分球。

他只差最后一球就宣告胜利,他占尽上风,但比赛被倪清嘉中途叫停。

他好像赢了,又好像输了。

又一个周日,倪清嘉正躺在家里看漫画,突然收到了薛淼淼的消息:嘉嘉,我这里有一个好消息和一个坏消息,你想先听哪个?

倪清嘉不假思索地回了句:好消息。

没过几秒,薛淼淼发来一条语音:"好消息,学校给我们换新桌子了,特别高级,你快看!"

听着她兴奋的语气,倪清嘉忍俊不禁,期待地点开她发的图片。

图上是一张张崭新的课桌椅,倪清嘉放大看,发现每张桌子都有两个抽屉,看颜色还是金属做的,比他们现在用的摇摇晃晃的木桌不知道好了多少倍。

能用上新桌子,倪清嘉很高兴,嘴角微微上扬,不过等她注意到这些桌椅摆放的地点时,笑容便逐渐变得僵硬起来。

她打字询问:坏消息是……

薛淼淼几乎秒回,发来一长串哭脸的表情:桌子和椅子都要自己搬回教室!

倪清嘉也发了一个哭脸的表情:我就知道!

薛淼淼拍的图片明显是在学校仓库,仓库在校园的角落里,离他们的教室很远,一想到要搬着桌椅走那么长的路,倪清嘉觉得手脚都软了。

"嘉嘉,你早点儿来学校吧,我们一起搬。我刚刚自己试了试,太沉了,一个人根本搬不动。"

倪清嘉当然不会拒绝好友的提议:好,好,我一会儿就出门。

薛淼淼住校，这周没有回家，所以第一时间就知道了要搬桌子的消息。她把图片发到班级群里，群里顿时炸开了锅。

同学甲：哇，这个桌子我喜欢！两个抽屉耶！

同学乙：学校有没有搞错，还要自己搬，要累死我们啊。

同学丙：我作业一个字没动，可能晚点儿才能去学校，有没有好心人愿意帮我搬一下？

同学丁：我愿意，跑腿费两百。

同学丙：诈骗啊，算了，我自己搬！

同学戊：什么情况，我刚起床……

倪清嘉没看手机消息，收拾好书包便出了门。花了大约十分钟，她到了学校。

此时是下午两点，距离返校还有几个小时，校园里很安静，只有两三个早到的学生在搬桌子。

倪清嘉没回教室，先去女生宿舍找薛淼淼。薛淼淼刚好从屋里出来，看到倪清嘉后，一下挽住她的胳膊："你的动作也太快了。"

倪清嘉笑道："早搬完早省事嘛。"

"我跟你说，真的很重，我本来想自己搬的，但是实在搬不动。"

"两个抽屉肯定重呀,我看你发的图片就感觉很有分量。"

两个人一边聊天,一边走到了学校的仓库。为了省力,她们选择了离门口最近的一张桌子,倪清嘉抬左边,薛淼淼抬右边,两个人一起使劲。

"嗞……"倪清嘉的发力点不太对,刚出仓库门,她倒吸一口气,"淼淼,等下,我调整下位置。"

"行。"薛淼淼放下桌子,开玩笑地说,"希望用上这张新桌子后,能让我期末考试进步五十分。"

"我能进步二十分就满足了。"倪清嘉活动着手腕。

她们周围陆陆续续来了几个其他班的同学,他们进进出出,聊着天,喘着气。

下午,阳光明媚,只是站了这么一会儿,倪清嘉的脖子上已经流了汗。她转头和薛淼淼说:"好了,我们快走吧。"说完,便抬起那张沉重的桌子。

她侧着脸说话,没发现前面走来的一个人,直到手上一轻,才察觉陈敬不知何时走到了她跟前。

"我来吧。"陈敬低低地说。

他个子高,挡住了部分阳光,倪清嘉落在阴影中,微微仰着头看他。大概是为了方便搬桌子,陈敬没穿校服外套,只穿了件短袖。他的脸上是一贯的沉静,眼神温和,嘴唇微抿，领口的纽扣扣得一丝不苟。

倪清嘉眨了眨眼，没说话。

薛淼淼先开口："大恩人！"她一脸欣喜，"陈敬，还好你来得早，拜托你帮帮忙了。"

说完，薛淼淼又略有担忧："不过这个真的很重，我们和你一起抬吧……"

"没事。"陈敬笑了笑，搬起桌子往前走。

"啊，太谢谢了！"薛淼淼真诚地道谢，然后对倪清嘉说，"嘉嘉，那我们去搬椅子吧。"

倪清嘉站在原地，视线尽头，陈敬的背影渐渐远去，他一步一步，走得稳稳当当的。倪清嘉收回目光，说道："好。"

两个女生去仓库一人拿了一把椅子出来，她们走得慢，到了楼梯口的时候，碰到了下楼的陈敬。他轻轻喘着气，对她们笑了一下。

待他走远后，薛淼淼和倪清嘉嘀嘀咕咕："陈敬真是个好人。"

倪清嘉停顿了几秒，说："是啊。"

回到教室后，薛淼淼说要去上厕所，倪清嘉和她打了声招呼，先一步下楼。

她快步往仓库走，想到什么，脚步越来越快，几乎小跑了起来。

几分钟后,在教学楼与仓库之间的小道上,她遇到了陈敬。陈敬的脸颊泛着红,额前的碎发微微湿了,他逆着光,发间晶莹的汗水清晰可见。

倪清嘉叫他:"陈敬。"

"嗯。"

"要不要帮忙?"

"不用。"

"真的不用吗?"

"嗯。"

"那你站在这里等我一下。"

"嗯?"

倪清嘉边跑边说:"我去把你的椅子搬来。"

陈敬愣了片刻,将桌子放下,注视着左右摇晃的马尾远去,远得看不见人影了,才转过身,挠了挠被太阳晒得发热的脸颊。

小道上经过了几个人,他们哼哧哼哧地搬着桌子,嘴里抱怨着学校。

"学校就不能好人做到底吗?累死啦。"

"就是就是。"

陈敬被迫听了几句,在心里反驳,新桌子很好,自己搬一搬能锻炼身体，也很好。

这么想着，倪清嘉回来了，她说："我搬的这把椅子给你。好了，我们走吧。"

陈敬点点头，迈开脚步。

倪清嘉和他闲聊："你今天怎么来得这么早啊？"

陈敬顿了下："看到了群里的消息。"

"嗯？什么消息？"

陈敬和倪清嘉详细说了下："刚好我的作业写完了，就想着早点儿来学校搬桌子吧。"

倪清嘉扭头看过去，陈敬盯着前面的路，脸上挂着淡淡的微笑。几缕阳光照着他沾了汗的头发上，将黑发染上了玫瑰色的光晕。

"哦，这样啊。"

倪清嘉还想说点儿什么，不远处传来了薛淼淼的声音："你们太辛苦了！我去买饮料吧！"

倪清嘉笑了笑，没跟她客气："我要蜂蜜绿茶。"

"好。"薛淼淼问陈敬，"陈敬，你呢？"

陈敬摇摇头："我不用了。"

薛淼淼睁圆眼睛："怎么能不用呢！"

倪清嘉看一眼陈敬，搭腔："就是，怎么能不用呢。来瓶矿泉水？"

陈敬:"好。"

薛淼淼听后,立刻飞奔去了学校的超市买东西。

倪清嘉和陈敬继续搬着桌椅,连跑两趟,多少有点儿疲惫,他们不再说话,呼吸同样粗重。

到了教室,倪清嘉马上瘫坐在椅子上休息。陈敬站了一会儿,又要下楼搬第三张。

倪清嘉叫住他:"等下。"

陈敬回头。

倪清嘉打开书包拉链,从里面拿出一包纸巾递给陈敬:"擦一下吧。"

陈敬接过,抽了一张纸巾擦了擦额头。

"谢谢。"

倪清嘉没忍住,扑哧一声笑了。

陈敬问:"怎么了?"

"你谢我做什么?"倪清嘉抿着嘴,双眸弯成月牙状,"应该我谢你才是。"

她看着陈敬的眼睛说:"陈敬,谢谢你呀。"

"不用……"陈敬低声回应。

一阵风从走廊吹来,教室里凉快了许多。陈敬的汗干了,他把纸巾还给倪清嘉,去仓库搬了第三张桌子。等他再次回来时,倪清嘉已经不在班级里。他将桌子摆到教室后排,接着发现自己的椅子上多了一瓶矿泉水和一块巧克力。

陈敬拿走了水,疑惑地看着巧克力。这时,班里又到了两个同学,他们来和他打招呼。

"陈敬,来得这么早。桌子要去哪里搬啊?"

陈敬把巧克力放进抽屉,抬头和他们说了地点。两个同学一前一后地出门,教室里又安静了下来。

午后的风轻轻地吹拂,校园里的树叶发出沙沙的声响。陈敬打开书包,准备做题,没有动那瓶水和巧克力。

离返校时间越近,走廊上来来往往的人便越多。到了差不多四点钟,倪清嘉进门了,她刚刚去了薛淼淼的宿舍休息,又去食堂吃了点儿东西。倪清嘉的眼睛往教室的后排瞟,发现陈敬桌上的那瓶水没有开封过,特意走到他身边说:"陈敬,这瓶水就是淼淼给你买的。"

闻言,陈敬放下笔:"好,帮我谢谢她。"

"哎呀,别谢来谢去的了,本来就是你出力最多。"倪清嘉笑眯眯地说,"哦,对了,还有一块巧克力,是我买的。新出的口味,味道很好呢,你吃了吗?"

她左右看看,没找到巧克力,问:"是不是被人拿走了……"

陈敬从抽屉里拿了出来:"是这块吗?"

"对,对。"倪清嘉笑道,"你尝尝。"

"好。"陈敬撕开包装，掰了一小块放进嘴里。

草莓味，口感丝滑，但甜得发苦。

他皱起眉头，看到眼前的人，又把眉头松开。

"怎么样？好吃吗？"倪清嘉期待地问。

"好吃。"陈敬面不改色地回答。

倪清嘉拍拍手："你喜欢就好，明天我再给你带一块！"

陈敬动了动嘴唇，还是没有说出反对的话。

离校庆越来越近了，舞蹈节目的排练一天比一天晚。不过这周倪清嘉来了例假，只能和林月请假。林月自己也是个痛经患者，直接让倪清嘉好好休息，过几天她再给倪清嘉单独抠动作。

晚自习后，倪清嘉蔫蔫地趴在陈敬的课桌上。

陈敬下楼打热水回来："这样会好一点儿吗？"

倪清嘉嗯了一声，有气无力地说："我就前两天难受点儿，后面就好了。"

陈敬看着心疼："我送你回家吧，我回去看书一样的。"

"不要。"倪清嘉趴着不动。

"陈敬，我睡会儿，要走了叫我。"倪清嘉像个小动物似的嘟嘟囔囔。

"好。"

陈敬把桌子让给她，收拾东西到前面的座位。

倪清嘉听到动静说："你别走。"

她的手握过水杯，又软又热，没用什么力气。

"好。"

倪清嘉挪了挪，腾出一点儿空间给他写字。陈敬搬了张椅子坐她旁边，两个人共用一张桌子，校服挨着校服，谁也没嫌拥挤。

陈敬把桌面上的书清理到地上，就在半张桌子上做题，算完一道，瞥一眼倪清嘉。

写到第三道，教室的门轻轻一响。

陈敬抬头，和进来的李妍对上视线。

李妍是住校生，刚刚在宿舍写作业，发现英语小练忘在教室，所以回来拿。

教室的灯亮着，她在心里庆幸还有人在，谁料一进门就看见陈敬和趴在他旁边桌子上睡觉的女生。

陈敬淡淡地收回目光，什么也没说。身边的脑袋动了动，陈敬看过去。

李妍终于找到英语小练，匆匆忙忙地出了教室。

倪清嘉听到动静，迷迷糊糊地问："刚才是有人吗？"

"没有。"陈敬平静地说，"你可以接着睡。"

例假第三天，倪清嘉的身体好些了，跟林月说周末能跟着排练，林月说不急，后面的动作不难，可以等她例假结束。

清闲的周日，倪清嘉心安理得地在家躺着。

给陈敬发消息，陈敬半天没回。

今天她妈妈在家休息，倪清嘉也不好在她妈妈的眼皮子底下跑出去。

倪清嘉翻了个身，懒散的咸鱼姿态被她妈妈看在眼里。

床还没躺热乎，她就被叫了起来。

"老躺着像什么样子，跟我出去买菜。"

倪清嘉不情不愿地说："来了。"

她们去菜市场逛了一圈，又去了家附近的超市。

倪清嘉无聊地陪她妈妈挑苹果，手上拿着一个，眼睛瞟向另一边，胡乱张望时，瞥见另一头同样来买水果的陈敬。

陈敬侧身站在一筐橘子前，身形清瘦，站得笔直。明亮的 LED 灯的光线从他的头顶倾泻而下，映出一张清俊的脸庞。

高挺的鼻梁架着眼镜，下颌线刀锋般锐利。陈敬的脸棱角分明，侧颜常常给人难以接近的疏离感。但黄澄澄的橘子为这幅画面增添了暖色，陈敬的气质变得柔和，连同那些棱角也染上了温情。

好帅。

倪清嘉的眼睛亮起来，她要去找那个不食人间烟火的白面小书生了。

倪清嘉心不在焉地说："妈，我去买卫生巾，卫生巾不够用了。"

"行，还是我来挑吧。"倪清嘉妈妈把倪清嘉放入袋子的苹果拿出来，"你拿的这个都烂了。"

倪清嘉吐了吐舌头。

绕过挑水果的几个人，她晃悠到陈敬身边，拽了拽他的胳膊。

陈敬错愕地看过来，倪清嘉比了个噤声的动作。

倪清嘉妈妈背对着他们，没看到说话的两个人。

倪清嘉两手抄在身后，向陈敬招了招，大摇大摆地走到卖卫生巾的区域。

陈敬做贼似的跟上，直到货架挡住他们的身影，才敢说话。

"你跟你妈妈来——"

"为什么不回我的消息？"倪清嘉站定，打断他的话。

陈敬掏出手机，低声解释："我没看手机，不是故意不回。"

为了证明，他让她看那个未读红点。陈敬这两天恶补了有关女生例假的知识，听说女生在例假期间情绪会不稳定，陈敬小心翼翼地观察着倪清嘉的表情。

"逗你的，我又没生气。"倪清嘉不知道他的内心活动，"看我干吗？"

"没干吗……"

倪清嘉嗅到淡淡的香味："你洗头了？"

"起床时洗的，怎么了？"

"没怎么。"

倪清嘉舔了舔嘴唇："陈敬，我下午去找你玩好不好？"

陈敬说："我家有人。"

"我又没说去你家，去外面呀。"

"好。"

还想再讲几句悄悄话，耳边传来倪清嘉妈妈的声音："嘉嘉，人呢？"

陈敬手忙脚乱的，倪清嘉笑着把他推向隔壁的货架，随意拿了几包卫生巾，走出来："妈，你买完了？"

"找你半天，结账了。今天的水果不新鲜，就先买这么多。"

"好嘞。"

倪清嘉偷偷和陈敬挥了挥手。

下午，他们在离倪清嘉家不远的路口碰头。

天气渐暖，陈敬穿了件白色短袖，眼眸微垂，目光游离于来回穿行的车辆。他不驼背，和行道树站成一条直线。与周遭的一切相比，他很安静，安静得像身旁的树。

直到余光里出现一道身影，他的身体才开始动了。

最先有变化的是眼睛，他的瞳孔微张，睫毛如蝴蝶的翅膀般轻轻扇动，眼角被日光染上暖意。然后他的嘴唇止不住地弯起，他不习惯有过于强烈的情绪表达，轻轻抿着双唇，藏住喜悦。但没用，笑意就像从层层叠叠的树叶中漏下来的光影，铺满了一整条街道。

倪清嘉披着明媚的暖阳走来，远远地就对着他弯起眼睛。

陈敬："你想去哪儿？"

倪清嘉思索了几秒："想喝奶茶。"

陈敬和倪清嘉走到奶茶店，倪清嘉点了两杯新品，陈敬对店员补充道："有一杯要热的。"

付完钱，陈敬又问："要不要看电影？"

倪清嘉想了想："好啊。"

陈敬让倪清嘉挑影片，倪清嘉没看题材，直接选的最近一场电影，最后一排座位。

"好了。"

陈敬拿回手机一看，她选的是恐怖片，奇怪地瞄了倪清嘉一眼，思忖着她原来喜欢这类的影片。

奶茶店离电影院距离不远，他们步行过去。

路上刮起了一阵风，陈敬指了指她敞开的外套："最好把拉链拉好，我看网上说，女生来例假时容易受凉。"

倪清嘉想笑，心想，陈敬好体贴。

到了电影院，检票进门，他们刚好赶上电影开场。

这部电影已经上映一个多月，评分不高，现在来看的人很少。整场只坐了五六个人，最后一排只有他们两个。

等电影结束，大屏幕开始滚动播放着参演名单。

灯光，骤然亮了。

他们前面的人站起来，边走边吐槽。

"什么破电影，好无聊啊。"

"早就跟你说了，这个电影的评分只有四分，你还不信。"

收拾垃圾的工作人员进来，陈敬和倪清嘉也离开了。

倪清嘉调侃他："你今天很帅哦，刚刚你都不怕的。"

提到"帅"这个字，陈敬忽然想起一件往事。

那是分班之后没多久的秋季运动会。

陈敬为人十分慢热，和同学们还没熟悉起来，集体荣誉感自然不强，加上当时一心扑在学习上，根本没想着参加运动会。

体育委员不知道从哪里得知陈敬高一运动会参加过长跑并且名次不错，磨了陈敬几天，陈敬答应下来，报了个三千米的比赛。

三千米比赛一枪决胜负，没有复赛，参加比赛的人里有一个在体校参加训练的专项体育生。

陈敬在某些方面很倔，前半程硬是咬着体育生不放，直到后面体力下降，陈敬渐渐落后，被体育生甩开。

赛场上的陈敬脑子里十分混乱，耳边响起很多人的加油声，有一个声音清脆悦耳，一直回响着。

撑着最后的力气跑完全程，陈敬被班里同学扶住，感觉喉咙快要冒血，胃里翻江倒海一般。

那个清脆的声音说："裁判老师，他好像要吐了，有没有事？应该怎么办？"

"带他去休息一下，让他先别坐下，也先别喝水。"

"好的，老师，谢谢老师！"

陈敬弯着腰，没吐。

一只手递给他一瓶矿泉水。

她说："你等下再喝。"然后叫来一个男同学帮他放松肌肉，就跑去问名次了。

彼时陈敬和倪清嘉说话不超过二十句，倪清嘉作为班级后勤队的核心成员，对每个人都很热心。

陈敬缓过那阵恶心的感觉，和旁边的同学说了声"谢谢"。

倪清嘉蹦蹦跳跳地回来："哇哦，第三名，我们有奖牌了！"

陈敬和第四名只差零点几秒，又努力又幸运。

他拧开瓶盖，喝了一口水。

倪清嘉说："陈敬，你很帅哦，真是深藏不露。"

陈敬那会儿和倪清嘉还不熟，因为这句话，他偷偷多看了她几眼。

那时候她说他帅，多少含有同学间的客气成分。此时此刻，得到同样的夸奖，他的身份已经变成她的好友。

Chapter 06
粉色海洋

校庆将近，考试也将近。

接下来的小半个月时间里，倪清嘉和陈敬各自忙碌着。

倪清嘉每天晚上在舞蹈教室练舞，陈敬就在教室自习。练舞结束后倪清嘉像条死鱼一样需要陈敬搀扶着回去。陈敬任劳任怨，早就忘记那辆在车棚吃灰的自行车。

这晚，陈敬回到家，刘丽刚好煮完夜宵。

刘丽是陈敬的继母，陈敬的父母在他幼时离婚。没过多久，他的母亲再婚，嫁去了北方，他好几年才能见到母亲一面。

他的父亲工作繁忙，没时间陪他，白天怕他乱跑，只能把家门锁上，让他待在屋里。很长一段时间里，陈敬都没有朋友。他不爱说话，是班上最孤僻的学生。别的小朋友喜欢结伴上厕所，陈敬从来都是独来独往。渐渐地，陈父也发现了这个问题，害怕他有心理疾病，带他去大医院看医生。检测结果显示一切正常，他只是性格内敛，不爱与人交往，陈父松了一口气。

为了不让父亲担心，陈敬慢慢地会多说几句。他懂事、听话得过了头，常常让陈父很心疼。

父子俩就这么互相陪伴着过了数年，直到陈敬上初中，陈父再婚，娶了刘丽为妻，这个家才热闹了一些。

刘丽也是二婚，有一个比陈敬大三岁的儿子，名叫刘轩，在上大学。陈敬学习十分努力，刘丽怕他辛苦，最近这段时间一直给他煮夜宵。

"小敬回来啦，快来趁热吃。"

刘丽是个非常面善的女人，连皱纹都泛着慈爱，她对陈敬视如己出，这几年将陈敬照顾得很好，陈敬的性格也不再像小时候那般自闭。

陈敬放下书包，笑了笑："谢谢刘阿姨。"

他仍是习惯叫她"刘阿姨"，虽然在他心里已经将她当作母亲，可怎么也叫不出一声"妈"。

刘丽洗完手便准备回屋，忽然想起一件事："小敬，好几天都没看见你的自行车了，是不是被偷了？"

陈敬的自行车一般会停放在一楼，刘丽周末下楼时发现车不见了，她怕陈敬什么事都憋在心里不说，便主动问起。

"喀喀……"想到自行车，吃着面的陈敬突然被呛到，喝了几口面汤才好些。

刘丽自然而然地认为陈敬被偷了车，不敢告诉他的父亲："这个周末我带你去再买一辆。"

"没被偷……"陈敬坐直身体，额头出了层薄汗，"借……借给同学了。"

"同学的自行车坏了，家又很远。"陈敬想了想，又补充道，"我走路上学可以多背几个单词，就把车借给他了。"

刘丽的心中感慨着，陈敬是一个多么热爱学习，又心地善良的孩子啊，叮嘱几句便回屋了。

陈敬松了一口气。

终于到了校庆日，倪清嘉辛辛苦苦排练了这么久，总算是要熬到头了。

这天晚上没有晚自习，学生们搬着椅子到操场，有序地摆放在给各个班级划分好的区域。倪清嘉犯懒没搬，准备蹭别人的椅子。

她化完妆，换完衣服，天色渐渐暗下来。

林月说了一些注意事项，忙着检查每个人的着装。

倪清嘉调侃道:"怎么感觉你比我们还紧张?"

林月笑道:"那就最后祝我们演出顺利,大家都辛苦了。"

他们的舞蹈节目排在节目单的第五个。

演出还没开始,操场上已经坐满了人,有的家长和附近的居民也前来观看。

倪清嘉和所有参演人员都在侧边候场,她没椅子,坐在林月的膝盖上,偶尔站起来朝着乌泱泱的人群踮脚,四处张望。

直到现在,她还没看见陈敬呢。

夜幕里只剩舞台上各色耀眼的光,将整个操场点亮。

主持人是两个学生和两位知名校友,那两位校友是专业主持人,收到学校的邀请特地返回母校。

随着整齐、洪亮的声音响起,校庆正式开始。

第一个节目是合唱校歌,一群少男少女在流光溢彩的舞台上,吟唱着青春的赞歌。倪清嘉少有地感觉他们学校的校歌听起来挺顺耳的。

等候的时间既煎熬又紧张,对倪清嘉而言,更多的是兴奋,她想快点儿跳完。

林月早早地提醒大家站起来活动,别等腿麻了在台上出洋相。

过了二十多分钟，一首独唱结束，他们终于要上场了。

灯光暗下来，场下的同学们开始窃窃私语。

陈敬扶了扶眼镜，正襟危坐。

音乐响起，是一首耳熟能详的歌。紧接着，五彩斑斓的聚光灯投射到舞台上，绚烂得好似无数道分裂开的彩虹。

尽管台上有十几个人，陈敬还是一眼就看见了倪清嘉。她编了头发，穿着衬衫，下身是一条闪着亮片的短裙，裙角随着鼓点摇曳翩飞。

他不懂舞蹈，可对美和艺术的欣赏是共通的。交错的彩灯落在她的身上，裙子的亮片折射出星星般细碎的光芒。

陈敬眼里的倪清嘉美极了，是天上的月，山顶的雪，夏夜的漫天星辰。

一曲终了，舞蹈结束，开启第一轮的抽奖环节。

场下顿时人声鼎沸，热闹非凡。

陈敬悄悄离开了观众席，往黑暗中走去。

舞台的边缘，退场的学生们激情澎湃，也想要参加抽奖活动。

陈敬远远地看见倪清嘉和她的搭档走在一起，似乎是在讨论刚才哪个动作没做到位。

陈敬愣在原地不动。他就像夜空里一颗忽明忽灭的星，孤独，又迫切渴望被看到。

陈敬一直是孤独的，很长一段时间里母爱的缺失让他养成了沉默寡言的性格。

陈敬脚下的草坪被他踩得微微凹陷下去，耳边是中奖者的狂欢和失落者的哀号，其中夹杂了一声欣喜的呼唤，陈敬清晰地捕捉到了。

"阿敬——"

还未回过神，一道黑影带着风来到他面前。

倪清嘉笑靥如花，问道："阿敬，我刚刚跳得怎么样？"

听见这个称呼，陈敬微微愣住，他也没有去纠正或询问，认真地答道："跳得很好看。"

"那就好，这么多天没有白排练！"倪清嘉笑着，指着台上说，"马上要抽奖了，快看。"

大屏幕在滚动着幸运名单，经验老到的主持人轻松地将观众的注意力吸引到舞台上。

"阿敬，我去看看我有没有中奖！"几秒后，"唉，果然没有我。"

陈敬没看屏幕，在她的耳边问："有我吗？"

"也没有。"倪清嘉说，"我们都是中奖绝缘体质。"

倪清嘉换了个话题："过几天考完试，你陪我去山海亭玩怎么样？听说那里现在翻新了，很多人去玩。也不用很久，我们上午去，下午回。"

"你确定吗？"

倪清嘉眨眨眼睛："也不是很确定，如果你不想去……"

"可以。"陈敬立刻回道。

倪清嘉笑了："好。"

没过几日便是月考。

这次考试是和其他十几所学校一起进行的联考，学校非常重视。考试前一晚，年级主任特地进行了长达半小时的广播。

倪清嘉听得头疼。

年级主任的广播结束后，班主任把陈敬叫去走廊讲了几句话。倪清嘉坐在窗边，看着走廊上陈敬清瘦挺拔的侧影，心里直乐。

"姐妹，你能别笑得这么开心吗？"薛淼淼受不了，趁班主任不在，转过头来吐槽了一句。

倪清嘉收不住自己的表情："不好意思，我控制一下。"

"你就不担心明天的考试吗？还是陈敬早就给你偷偷补课了？有什么高分秘籍？分享一下。"

"没有，他……"

还想多聊几句，班主任进来了，倪清嘉立刻闭了嘴，薛淼淼也会意地转回去。

其实陈敬早就说过要给倪清嘉提分这件事，但倪清嘉懒散惯了，谁逼她学习，她就跟谁作对。他要讲题，她就换着法子折腾他，陈敬时常也很无奈。

陈敬回到座位上，捏了捏眉心。

班主任说这次考完，只要他正常发挥，大概率就会被调去重点班了，让他不要有压力。

陈敬点点头，没说什么。

分班考试失利没能去到重点班一直是陈敬的遗憾，但现如今他竟然觉得那是一种别样的幸运。

塞翁失马，焉知非福。

陈敬望着前排窗边的扎着马尾的女生，转过头，弯了弯眼睛。

考了两天试，周围的同学都在抱怨这次考试出题难，倪清嘉分辨不出难易，反正对她来说都一样。她问陈敬难不难，主要是怕考试影响了陈敬的心情。陈敬说还好，倪清嘉松了口气。

考完收拾书包回家，天色已经渐晚。陈敬和倪清嘉并肩慢悠悠地往前走，忽然不知道该说什么。

街道的尽头有几朵淡淡的云，被落日余晖描成金粉色，一点点散开。

倪清嘉先开口："陈敬。"

陈敬侧头看她。

"你答应过我，考完试陪我出去玩的，应该不会耍赖吧？"

"你想什么时候去？"

倪清嘉想了想："明天九点？太早了我起不来。"

陈敬："好。"

"你来我家接我。"

陈敬还是说："好。"

倪清嘉笑了："这么好说话呀。"

陈敬的耳朵和云霞同色。

翌日，陈敬比倪清嘉说的时间早到了半小时，耐心地在她家附近的路口等了许久。

倪清嘉出来的时候看见陈敬被风吹乱的头发："该不会你给我发消息的时候就到了吧？"

陈敬心虚地说："没。"

他在倪清嘉面前很容易露馅，倪清嘉一眼就看出来："是不是傻？你让我早点儿出门就不用等那么久了。"

"没等很久。"

灿烂的阳光照在他的脸上，显得他十分温柔。

陈敬今天难得没穿校服，穿了白色短袖和黑色的裤子。虽说和校服一样规矩、简单，但倪清嘉觉得干干净净就很好，像一棵清爽的小白杨。

倪清嘉："去车站，去车站。"

车站有直通山海亭的大巴车，不用提前购票，陈敬买了两张，在候车室等着下一班车到来。

路程近，时间短，他们没带什么东西，一人背了一个包。倪清嘉透过玻璃窗看见两个人此时的模样，她今天穿了件黑色短袖上衣和米色长裤，颜色上看去倒和陈敬很搭。

没等几分钟，大巴车来了。

倪清嘉从小坐这种车都是上车就睡，出去玩也不例外，一上车就倒在椅子上睡了。嫌马尾硌着后脑勺，她把头发散下来了。

途中遇到例行检查身份证也没醒，还是陈敬从她的书包里找出她的身份证。

车子晃晃悠悠地开了一个多小时，倪清嘉被陈敬叫醒。车上只剩司机和他们两个人，窗外则是一片喧哗。

倪清嘉揉了揉眼睛，还在犯迷糊，被陈敬领着下了车。

倪清嘉觉得嗓子有点儿干："这么快就到了啊。"

这天是休息日，来山海亭玩的人很多，周围人声嘈杂，陈敬要低着头才能听清她说的话。

"没休息够吗？我们先去吃饭吧，吃完休息一会儿，然后下午去山海亭玩会儿。"

倪清嘉点了点头。

吃了饭，两个人终于转悠到景区门口。

他们远远地就听见海浪的声音，伴随着咸咸的海风一同拂面而来。

海边的沙滩被清理得很干净，砂粒细腻、松软，一脚踩下去会微微下陷。倪清嘉记得前几年最脏的那段时间，沙滩上到处都是烧烤的竹签和啤酒瓶碎片，完全不能下脚。

海滩上的游客很多，尤其是八角亭那里，有很多拍照打卡的人。

陈敬只得一手拎着一双鞋，紧紧地跟在她的旁边。

碧蓝如洗的晴空下，海面波光粼粼，浪花翩跹。视线的尽头海天交接，岸边的青山高耸入云，辽阔得像另一个世界。

倪清嘉跑下去玩水，让陈敬给她拍照。陈敬拍了两张，他觉得都很好看，但倪清嘉不满意。

"你就不能把我拍高一点儿？"

"这张头发被风吹乱啦。"

陈敬默默地把摄影加入学习计划。

经过倪清嘉一番指导，陈敬总算开了窍。

两个人走到八角亭,倪清嘉忽然看见一个熟悉的身影——邹骏,他和几个他们班的同学一起。

倪清嘉赶忙拉着陈敬回头。

陈敬不明所以:"怎么了?"

倪清嘉就是不想让他们看到陈敬,走了一阵才说:"有点儿渴了。"

沙滩上有支着巨伞的冷饮摊,陈敬排队买饮料。倪清嘉偷偷回头看,邹骏他们应该还在亭子那边,她只好带陈敬去另一边。

陈敬问:"你不是说想去那个亭子看一看吗?"

倪清嘉随口道:"人太多,就不想看了。"

"我们去那里吧。"她指着山的方向。

靠近山的这片沙滩都是碎石和海螺,陈敬让倪清嘉穿上鞋子。

因为有山峰的阴影笼罩着,这块地方的海风偏湿冷,大块大块的礁石上长着青黑色的藤壶。有不少赶海的人拿着塑料袋收集藤壶和一些蟹、螺,带回去做成鲜美的食物。

倪清嘉觉得有意思,也帮他们抓到只蟹,不过她怕被夹,是使唤陈敬抓的。她自己捡了些好看的贝壳,准备回去串起来当个纪念品。

一块大礁石旁,倪清嘉捡到一个粉色的贝壳,得意扬扬地和陈敬炫耀。

两个人见时间差不多了,就踏上了返程的路。

在车上,倪清嘉问他:"阿敬,你是几月份出生的?"

"七月。"陈敬回答,"怎么突然问这个?"

倪清嘉说:"那你比我小。阿敬,你是什么星座?"

陈敬:"不知道。"

她换了个问法:"你的生日是七月几号?"

"二十九。"

"喔,狮子座。"倪清嘉拿着手机大声朗读,"狮子座的男生热情、阳光、大方,个性鲜明,气度不凡,威风十足。他们爱面子,有点儿自大……哎,怎么跟你一点儿也不像?"

陈敬随口说:"星座不准的,没有科学依据,不可信。"

"是这样吗?"倪清嘉滑着屏幕,"可是它上面说我们的配对率百分之一百欸,很适合做朋友。"

陈敬的目光瞥过来,倪清嘉指给他看。

"白羊女和狮子男,配对率百分之一百。我就是白羊座的。"

陈敬咳了一声,改口道:"嗯,有时候也很准,偶尔可以相信一下。"

倪清嘉要被他光速变脸的行为笑死。

Chapter 07

陈敬同学，借过一下

休了两天假，回归枯燥的学习生活，倪清嘉照旧踩着点到学校。

一进教室就看见不少人围着陈敬的座位，叽叽喳喳地说些什么。

倪清嘉问薛淼淼："怎么了？发生什么事了？"

薛淼淼转过头："你不知道吗？早就传开了，陈敬这次考得很好，年级主任已经批准他去重点班了。"

"哦——"倪清嘉拖着长音，从人堆的缝隙里看向陈敬，他还是老样子，脸上没什么太大的表情。

倪清嘉光明正大地跟着众人恭喜陈敬，等到人群散开，偷偷掐了下他的胳膊："怎么都不和我说？"

"我也刚知道……"陈敬神色复杂，酝酿半天，结结巴巴地开口,"我……你……"

倪清嘉猜得到他大致想说什么,微笑着说:"你能去重点班,这是好事呀,我替你感到开心。"

"这是你应得的,不用有负担,陈敬。"倪清嘉半开玩笑地说,"别去了发现跟不上,然后一个人哭鼻子就行了。"

陈敬见她心情不错,松了口气。

晚自习的铃声响了,倪清嘉回到座位上。

班主任公布了这次联考的总成绩和排名文件,陈敬稳居班级第一,在学校里也名列前茅。

怪不得年级主任这么看好他,倪清嘉真心为他感到高兴。

后半节晚自习,陈敬被班主任叫出去谈话,直到下课了才回来。

倪清嘉从课间同学们的讨论声中,听说陈敬明天就可以搬座位,搬去9班。

9班和他们班正好在同一层楼。只不过一个在走廊的最西边,一个在最东边。

最后一天同班,倪清嘉还是跟他一起在班级里上晚自习。

第二天一早,陈敬在几个热心同学的帮忙下,把书搬到了新班级的教室。

新班级有几个他的高一同学，陈敬还算熟悉。他们班的人早对陈敬有所耳闻，大家对他都很友好。陈敬性格温和，初来乍到，表现得不卑不亢。

重点班以考出好成绩和获得高分数为第一守则，学习氛围非常浓厚，陈敬上了半天课就能明显感觉到不同。

以前的同学偏散漫自由，新班级的同学全都认真学习，目标明确，看见书本眼睛都会发光。

陈敬和他们是一类人，所以倒没有感到多么大的压力。

倪清嘉照常吃吃喝喝，上课开开小差，晚自习打打瞌睡，和平时没什么两样。

她开始意识到不同是从晚自习结束起，他们班没有人留下来自习了，只剩下她一个人。

倪清嘉孤孤单单地熄灯关门，走到陈敬所在班的教室门外，灯火通明，几乎半个班的人都在。

他笔直、端正的身影很近，也很远。

陈敬看到走廊的倪清嘉，收拾书包走了出来。

倪清嘉愣住："哎，你不跟着他们一起学习了吗？"

陈敬拉着她走回原班级，开了灯坐回原位："在这儿学也一样。"

倪清嘉笑着问他："怎么，怕我不等你就回家啊？"

"嗯。"

接下来几天亦是如此。

临近期末,他越来越忙。倪清嘉体会不到这种繁忙与焦虑,她也不喜欢陈敬管着她学习,在一旁有一搭没一搭地做题。

这天晚上,陈敬又偷偷跑回来。

倪清嘉照例等他学习完。

陈敬在收拾书包,重点班的试卷和普通班用的不是同一套,难度比较大,即使是他亦有些吃力。

陈敬想着回家再看一遍错题。他抬头,看见倪清嘉平静的目光。他问:"怎么了?"

一阵风吹开教室的后门,吱呀一声打破安静。

片刻后,风停了。

陈敬听见倪清嘉云淡风轻地说:"陈敬,要不我们分开自习吧?"

"什么?"

陈敬明明听清了她的话,却错愕地重复问她一遍。

倪清嘉的语气淡淡的,重复了一遍:"我说,阿敬,我不想和你一起自习了。"

她仍旧亲昵地叫他阿敬,然而说出口的话犹如冰冷的霜刀,直刺陈敬的心脏。

头顶的灯亮得晃眼,陈敬低着头,在又一阵风声中听见自己干涩的声音："为什么？"

倪清嘉走到陈敬面前，他的脸色疲惫，高强度的学习使他的眼下泛着浅浅的青黑。倪清嘉第一次有点儿不敢直视陈敬的眼睛。

"你别这么……"倪清嘉顿了顿，还是没说安慰的话，"你都去重点班了，就不要频繁回来了。我不能耽误你学习。"

陈敬突然抬头，直直地和倪清嘉对视，不敢相信她编出这么烂的借口，咬着后槽牙默然不语。

"好吧，好吧。"倪清嘉被盯得心虚极了，"非要我说实话吗？陈敬，我就是感觉和你们这种好学生交朋友……"

教室里安静得只能听见彼此的呼吸声，她停顿了几秒钟，动了动嘴唇，缓缓地说："有点儿……没劲。"

陈敬觉得鼻头一酸，喉咙仿佛被什么堵着，难受得说不出话。

沉默了许久，陈敬敛起眼眸，艰难地开口："我知道了。"

倪清嘉说："我走了，今天就不用送我回家了。"她停顿了一下，说，"以后也是。"

陈敬的声音哽住。

走出几步，她蓦然回头，凝望陈敬的脸，由衷地说："陈敬，你值得和更好的人交往。"

说完,她径直出了教室。

陈敬看着她消失的背影,垂下眸,摇了摇头。

值不值得,她说了不算。

第二天放学后,倪清嘉被邀去参加赵宇格的生日聚会。

赵宇格本来是随便问问,毕竟倪清嘉有很长一段时间没有和他们这帮老同学聚餐了,谁知她答应得很快。

地点依旧在红酒肉,赵宇格请客。

来聚会的有十几个人,除了几个她熟悉的同学,还有赵宇格他们班的几人,邹骏也在。

邹骏看见倪清嘉也不觉得尴尬,倪清嘉亦大大方方地坐下。

赵宇格点完菜,坐倪清嘉旁边。

"这回怎么出来了?之前怎么喊你都喊不动。"

倪清嘉扯了扯嘴角:"你过生日,这不得来蹭个饭。生日快乐啊!"

赵宇格:"谢谢啊!"

倪清嘉的座位正对着门口,她一抬头,看到外面闪过一个熟悉的人影。

陈敬骑着车从四四方方的门框中出现又消失,如同电影画面。

夜色勾勒出他清瘦的身形，晚风吹起他校服的衣摆。他掠过的速度太快，看不清神情，但倪清嘉分明从那道背影中读出难掩的落寞。

这个场景似曾相识，只是此时她的心境与从前全然不同。

倪清嘉收回目光，若无其事地吃着菜。

她相信，时间能疗愈他，陈敬那么聪明的人，不会钻牛角尖。

这么想完，倪清嘉的心里舒服多了。

倪清嘉以为她和陈敬不会有正面交集了，但她漏算了一件事，那就是该死的选修课。

次日，本学期的最后一节选修课，倪清嘉站在教室门口，进也不是，退也不是。

直到预备铃声响起，她才硬着头皮进门。

上了一学期的课，大家早就有自己固定的座位，倪清嘉连找人换座的可能都没有。

她走到教室唯一的空位前，平静地清了清嗓子："陈敬同学，借过一下。"

陈敬一愣，起身给她让开地方。

倪清嘉进去在他旁边坐下，懊恼地抓了抓头发。

当初选这门课，她根本没想到会有这么一天。

陈敬坐得笔直，眼角的余光瞟向倪清嘉，看见她看着窗外，压根儿没往他这儿看。陈敬顿时全身僵硬，笔尖顿了顿，忘记下一笔要写什么。

他盯着纸面，很难不去回想她刚刚说的话。

那是绝交后她对他说的第一句话，礼貌且客气。

他们之前明明那么熟悉，可是现在，她说"陈敬同学，借过一下"。

已是蝉鸣的季节，聒噪的声音在校园内狂响，可皆不及她的那一句话刺耳。

陈敬又觉得难受了。

停顿的笔在纸上晕出一摊黑色墨迹。

"呃，有笔吗？"

上一分钟，老师发了数独选修课的最终测验试卷。倪清嘉怎么也没想到这门课最后还要象征性地考试，她什么都没带，只能问陈敬借。

然而陈敬没理她，倪清嘉摸了摸鼻子，没再问。

她趴在桌面，和试卷上的几个九宫格面面相觑。

算了，反正她也不会做。

她眨了眨眼，视线里出现一只好看的手，修长利落，指节分明，握着一支黑色水笔，轻轻放在她的面前。

倪清嘉扭头，陈敬已经收回手，目光落在刚发的测验试卷上,飞快地计算答案。

倪清嘉低声说:"谢谢。"

有了笔,她也不会做。她的脑子闲着,手闲不住。

她打开笔帽,盖在笔杆的末尾,两指夹着转来转去。

她不会像陈敬那样转笔,只会机械地来回打转,偶尔灵感来了,填上几个数字。

绞尽脑汁填了第一题的一半,陈敬已经在做自己带的试卷了。

他把数独试卷随手放在桌子的左上角,从倪清嘉的角度正好能看见答案。

陈敬的名字写得凌厉遒劲,写数字倒是端正清秀,一处涂改的痕迹都没有。

倪清嘉歪着头,毫不怀疑他的准确度。

写完后,她合上笔帽,放到陈敬的桌上,再次说:"谢谢你的笔。"语气带着笑,带点儿她自己都没发觉的轻快。

陈敬嗯了一声,想转头看看她的表情,还是忍着没这么做。

窗边吹来一阵风,将她的长发扬起,几根发丝轻轻地蹭过陈敬的校服。

他能想象出倪清嘉此时的模样,应该是弯着眼,扬着唇,明媚俏皮。

陈敬眉心的褶皱不自觉地舒展开来。

接下来几天,陈敬都没有见到倪清嘉。

临近期末考试,他把全部精力投入学习中。

早晨,陈敬准时睁眼,打开手机看时间,六点十分。

今天是周日,本不用早起,但陈敬已经无法入睡,索性起床学习。

他在卫生间洗漱,动静引起刘丽的注意。

陈敬洗漱完出来,和她碰个正着。

"小敬,怎么起这么早?"

陈敬笑了笑:"刚好醒了,就起来学会儿。"

刘丽皱着眉头,关切地说:"你也别太累了,周末多睡一会儿,好好休息一下,学习也不差这一会儿。"

陈敬说:"刘阿姨,我不累。"

刘丽知道陈敬学习努力、认真,从来不需要旁人督促,但他以前再怎么学,作息也是正常的。这几天刘丽有时凌晨出来喝水,都能看到从陈敬房间的门缝中钻出来通亮的光。

刘丽严肃地问:"小敬,你昨天晚上是几点睡的?"

陈敬语塞。

"就算是要高三了,也不能这么拼啊,身体才是第一位的,知道了吗?不要把自己逼得太紧,小敬。"

陈敬像个做错事的孩子,又迷茫又自责:"嗯,我知道了。"

刘丽露出笑容,陈敬是个好孩子,不需要她长篇大论地说教,一点就能通。

"早饭想吃什么?我现在去做。"

陈敬看着她发间的银色,轻声说:"都可以……谢谢刘阿姨。"

"你这孩子……"刘丽笑着去厨房。

陈敬觉得心头暖暖的。下午,陈敬去超市买水果,遇到了同样来逛超市的倪清嘉。

倪清嘉看见陈敬,没躲,礼貌地笑了一下。

陈敬挑苹果的手停下,面无表情地对倪清嘉点了点头,算作回应。

倪清嘉见陈敬的反应平淡,更加确定他已经释怀,拿了个塑料袋也准备买苹果。

陈敬心不在焉地拿了个苹果,倪清嘉叫住:"哎,你挑的这个看着就不好吃。"

"得挑这种。"她拿起一颗苹果,"带竖花纹的甜。"

陈敬讷讷地放下手中的苹果,瞥了一眼倪清嘉。

陈敬哦了一声。

倪清嘉又热心肠地拿了个范本给他看:"喏,这个看着也甜。"

她已经挑了不少,手上这个苹果没往袋子里装,随意地放到苹果堆里。

"我拿去称重了。"

她和陈敬打声招呼,先一步离开。

陈敬淡淡地注视着她的背影,鬼使神差地拿起那颗苹果。

期末考结束,准高三的学生被留在学校继续上课。

倪清嘉痛苦万分,这个学期长得有些过分了。

成绩出来后,倪清嘉痛苦加倍。虽说她的父母对她在学习上没有多高的要求,但她这次考得实在是太差了,倪清嘉被她的父母扣了一个星期的零花钱。

诸事不顺,倪清嘉深深地叹了一口气。

课间,倪清嘉想到一件事,打开班级电脑里的期末考成绩汇总的文档,里面有整个年级的排名,她从最上面开始看起。

无须滑动鼠标,她直接在第一页就看见了陈敬的名字。

薛淼淼走上讲台,挤到倪清嘉旁边:"看这个干什么?"

"随便看看。"说完,她回到自己的座位。

在倪清嘉的潜意识里,她不希望自己的疏远会影响到陈敬的成绩。她考砸了没关系，陈敬要是考砸了，倪清嘉会觉得自己罪孽深重。

还好，陈敬没受影响，倪清嘉长舒一口气。

想到陈敬，好巧不巧，倪清嘉最近几天总是能遇见他。

她不知道陈敬是不是故意的。

他的教室在走廊尽头，挨着另一侧的楼梯。可陈敬每次都要从这一侧楼梯上来，然后穿过一整条长廊，才回到自己的教室。

他去上厕所，去办公室拿东西，都需要经过倪清嘉的教室。

倪清嘉坐在窗户边，次次都能看见他挺拔的侧影，流畅分明的下颌线，还有万年不变的眼镜。

即使是在炎热的夏天，他依旧一丝不苟地扣紧校服领口的纽扣，不会像有的男生那样，随意地扯开三颗扣子散热。

陈敬不会和倪清嘉主动打招呼，他只是很平常地路过，有时候都不会看她，所以倪清嘉大部分时间也装作没注意到他。

除了有一次，倪清嘉和班里的男生在走廊开玩笑打闹，陈敬恰巧经过，有意无意地瞥了她几眼。

那是个晴天，金色的暖阳铺满长廊。他的目光像蝴蝶一样落在她身上，停留片刻，沉默着离开。

倪清嘉在那一刻，仿佛看到一只雨中折翅的蝶，明明外面阳光明媚，他的世界却风雨如晦。

倪清嘉没来由地有些心虚，匆匆走进了教室。

事后她想起这件事，有点儿不明白，她为什么会心虚啊。

倪清嘉懒得分析，干脆不管了。

又上了一周的课，老师提前开始发暑假作业，说是给他们更充裕的时间写作业，但作业量却比往常假期多了一倍。

到手的试卷足足有一本书那么厚，整个教室的学生开始哭天喊地。

暑假过后，就是高三。倪清嘉决定拼一把，努力学习，成天痛不欲生。还好付出总有回报，她高考时正常发挥，考上了省城的B大。她一个理科生破天荒地选择了英语专业。英语一直是她的优势科目，她自己也喜欢，最重要的是，外语类专业不需要学高数，她终于可以和讨厌的数学说再见了。

她听人说陈敬考上了A大，位于省城的郊区，念的是计算机专业——A大的王牌专业，前景不错。

天气炎热，这个暑假迎来了近几年的最高温，收到大学录取通知书后，倪清嘉便成日待在有空调的房间，一刻也离不开，最多傍晚时出去遛个弯，和几个朋友吃吃喝喝。

倪清嘉的妈妈看她每天都待在家里，把她拉去参加远房亲戚的婚礼。

倪清嘉抗议道："我去干吗？又不熟。"

本来倪清嘉一个小辈出不出现都无所谓，她妈妈只是看倪清嘉赖在床上不顺眼，硬把她拽出了门。

夏天的正午分外闷热，蝉鸣震耳欲聋，街道两旁绿树成荫，开着一簇簇鲜艳的花。

参差的花影落到倪清嘉脸上，落下细碎的光斑，如梦如幻。

只是她脸上的表情不太好看，打破了这幅美好的画面。

倪清嘉出门没几分钟便热得汗流浃背，直到进了举行婚礼的酒店才算活过来。

倪清嘉脸上堆着假笑，跟她妈妈一路和她不熟悉的人寒暄，脸快僵掉了。

新郎新娘还没出来，倪清嘉撑着下巴坐在圆桌前，她妈妈又在和谁打着招呼，喊她一声，倪清嘉便敷衍地回头笑笑。

好无聊，好想走。

她没留意到，隔了几桌距离的另一侧，一个少年静静地注视着她。

少年旁边的人拍了下他的肩膀，坏笑着说："这会儿工夫看了人家十几次，你小子不对劲。"

陈敬若无其事地移开视线，没接话。

旁边的人反倒朝倪清嘉的方向看去，打趣道："怎么，一见钟情啊？你的眼光挺好啊。"

说话的是刘轩，陈敬重组家庭的哥哥，也在读大学，是他们学校乐队的吉他手，性格和陈敬截然相反，活泼外向，很会来事。

刘轩逗着木讷、正经的弟弟："有感觉就去追啊，吃完这顿酒席说不定就见不到了。"

热菜上来了，陈敬动筷闷头吃菜。

刘轩还在念叨着："要不要我帮你去要微信？"

说着真要动身，陈敬按住刘轩，终于开口："她是我的同学。"

"哦。"刘轩坐回去，一副"懂了"的模样，"不是一见钟情，是单相思啊。"

高考之后，陈敬终于弄明白了自己内心的想法，没否认。

刘轩拍了拍他的肩膀，陈敬哪里都好，长得不错，脾气也好，待人处事没得说，但是性格过于呆板，很吃亏。

刘轩以一种过来人的语气说："你这样可追不到女孩

子。"他瞟了一眼倪清嘉,"尤其是那么漂亮的,你拿捏得住吗?"

陈敬呼吸一滞,放下筷子,抬眸,低声问道:"那我要怎么做?"

刘轩没回答,话锋一转:"我晚上要出门,你帮我跟我妈打个掩护。"

陈敬自律,刘丽便管得松,刘轩爱玩,常被看得紧,上了大学放假在家也不例外。

陈敬说:"行。"

刘轩悠悠地说:"这追女孩子,你得主动啊。"

他将陈敬劈头盖脸地骂一顿:"你这么痴痴地看着人家,她能知道吗?搁这儿自我感动当望妻石呢,你看一小时,不如上去搭话一分钟,懂不?"

陈敬被他说得脸红,在恋爱方面,他是个笨蛋。

他正襟危坐,听得认真。

刘轩语重心长地说:"别的事情,你可以闷着,但是追人你要是闷着可就没个结果了。听过一句话没,爱情是勇敢者的游戏。主动一点儿,大不了就是被拒绝嘛,你轩哥也没少被拒绝,还不是活得好好的。"

刘轩平日说话不着调,但这回陈敬十分认同他的话。

他一点儿也不勇敢。

陈敬的视线穿过人群，落在她的身上。

倪清嘉好像被什么菜烫到了嘴，红着脸，焦急地吐着舌头，仰头灌下一大口饮料。

好可爱。

无论她什么样，陈敬都觉得她最好。

陈敬早就留意到倪清嘉和她妈妈进来了，他当时惊讶得忘记上一句和刘轩说了什么，目光跟着她跑。

她穿了一条简单的裙子，额头上沁着汗，用手扇着空调的风解热，脸上维持着礼貌的笑容，挽着她妈妈和主人家问候。

好不容易坐下，她一下卸了笑僵的面具，她妈妈一喊她，她又假笑着和人打招呼。

陈敬默默地想，他见过倪清嘉更真心的笑，比现在动人千倍。

她很爱笑，他的记忆里有无数她的笑颜。

陈敬好喜欢她对着他笑啊。

几天前，陈敬做了一个梦，回到了高二同班的日子，那时他们还没有毕业。

那是晚自习之后，他们本来约定一起回家，结果倪清嘉临时被一个外班的同学叫去吃烧烤了，他便只能独自留在教室自习，自己一个人回去。

梦里的他很郁闷，醒来后望了天花板好久，总感觉心里空落落的。

暗恋一个人，就好像自愿把轻盈的背包装满，沉甸甸地背到路的尽头。这条路没有灯，连月光都吝啬映照。

陈敬被困在黑暗里，不由得想到刘轩的话，蓦然发现一线生机。

这或许并不是一条全然昏暗的路，哥哥的提示为他凿出了一条缝隙的微光。

耳边，刘轩还在滔滔不绝地传授经验："你得让她感受到你的真诚，喂，陈敬，你有没有在听啊？"

"有……"

那头的倪清嘉多喝了几杯饮料，起身往洗手间的方向去。

陈敬跟着转身，手一滑，打翻了面前的醋碟。

棕色液体沿着桌面滴滴答答地洒在他的身上，白色衬衫的衣摆被染成深色，格外明显。

陈敬抽了几张纸擦干桌上的醋渍，和刘轩说："我去冲下衣服。"说完，他迅速跟上了倪清嘉。

刘轩回过神，陈敬已经不见了。

他收拾着陈敬留下的残局，啧了一声，心想，他的动作好假……

Chapter 08
勇敢一次

倪清嘉慢吞吞地上完厕所,准备在外面磨蹭一会儿再回去。

出了洗手间,她看见了一个意料之外的人。

"陈敬?"

陈敬扭头,脸上露出惊讶之色:"你也来参加婚礼?"

酒店的男女厕所共用一个洗手台,只有两个水龙头。倪清嘉走到陈敬旁边,边洗手边说:"嗯,好巧。"

她从镜子里看着陈敬,陈敬的衬衫下摆沾着棕色的痕迹,他正在用清水冲洗。

倪清嘉嗅了嗅,酸酸的,她随口问:"是醋洒了吗?"

"嗯。"

陈敬解开了衬衫的下面三颗扣子,弯着腰,掀起薄薄的衬衫衣摆，一片白净的肌肤随即露了出来。

浅浅的肌肉线条上滴着水，水顺着劲瘦的腰流到裤带上，然后渗到布料中不见了。

倪清嘉的目光在他的腰上停留了几秒，微微动了动手指。

陈敬冲完这一边，拧干，换另一边。布料垂下，遮住了那片风光。

另一侧倪清嘉看不见，颇为失望地关了水龙头，想走，双脚却不听使唤。

沾了水的衬衫有些透明，皱巴巴地贴着他的身体，倪清嘉情不自禁地多瞅了几眼陈敬。

他的手指白皙修长，指节明晰，掌心微微泛着粉红。

水珠从清瘦的手腕流向指尖，滴下晶莹的液体。就是这么一双好看灵巧，会解题转笔的手，攥着衬衫的手法却十分笨拙。

陈敬的洗法很随便，就这么直直地冲着水，也不搓也不动。

倪清嘉皱着眉头看了一会儿，实在忍不下去，说："你这么洗得干净才有鬼喽。"

陈敬茫然地抬眼。

倪清嘉叹了口气："我来吧。"

她拨开陈敬湿漉漉的手,捏着衣角,挤了一点儿洗手液,搓了搓。醋痕不能完全洗干净,但气味被洗手液的香气盖过去,深色痕迹也比方才淡了些。

陈敬怔怔地垂着手,倪清嘉站在他身侧,他低头就能窥见她细腻莹润的皮肤,长而密的睫毛在上下扇动,酒店的厕所吹不到冷气,她白嫩的后颈出了一层薄汗。

在她的视野盲区,陈敬的喉结滚了滚。

"弯腰。"倪清嘉命令道。

陈敬照做。

倪清嘉拽着他的衣服到水龙头下,纽扣束缚着,有些艰难。她抬手,帮他又解开了一颗纽扣。

这下,整块腹部全显露出来了。

他的肌肉不是很多,可因为身体僵硬地绷着,腰腹看上去显得格外紧实,没有多余的赘肉,其中还有几道淡淡的沟壑,隐约呈现出腹肌的轮廓。

倪清嘉扫了一眼,继续专心地冲洗手液的泡沫。

陈敬的耳根染上红晕,乖巧地任她动作。

"好了。"倪清嘉关水,拧了拧衬衫,用手展平。

陈敬忽然有点儿恨自己没有多倒一点儿醋,直起身,哑声说:"谢谢……"

他不知道,她这是作为朋友的帮忙,还是有更深的缘由。

陈敬想问，又不敢问。

倪清嘉不知他心中所想，帮他扣纽扣，动作自然得两个人都没觉得有什么不妥。

湿润的衬衫贴着他的身体，透出腰腹的形状。

想到刚才瞥见的旖旎之色，倪清嘉舔了舔嘴唇，不由自主地在他的腰上掐了一下。

掐完她立刻觉得后悔，飞快地抽出手，利索地扣好剩余的纽扣，尴尬地说："抱歉，我不是故意的。"

陈敬蓦然睁着眼睛无辜地盯着她。

倪清嘉被看得很不好意思。

她知道那样的动作有点儿越轨，搞得她像图谋不轨的那个。倪清嘉当即想剁了这只手。

纠结苦恼之际，倪清嘉没注意到陈敬弯了弯眼，只听到他平静地说："没事。"

倪清嘉松了口气。

陈敬收敛起笑意。

他好像，知道该怎么做了……

倪清嘉没走，说："你等下回去自己再洗一遍吧。"

陈敬："好。"他温顺地应声，像只小绵羊。

倪清嘉拿出一包纸巾，递给陈敬："你的裤子上也有。"

黑色裤子上有一块更深的印迹，在大腿根上，陈敬一时没察觉。

"沾点儿水,随便擦一下吧。"

陈敬迟迟没有接过纸巾。

倪清嘉塞到他的手里,反问道:"干吗?还要我帮你啊?"

"没……"

陈敬是怕他接过去了,倪清嘉就走了。

他一面自己动手擦,一面悄悄地偷看她。

倪清嘉见没自己的事了,就先离开了。

等二人聊完回到座位,新郎新娘已经在挨桌敬酒了。

刘轩挤眉弄眼地八卦道:"怎么样?有进展吗?"

陈敬说:"不知道。"

刘轩闻到陈敬身上的清香,止不住调侃他:"这么喜欢啊?人家前脚刚走,你就屁颠屁颠地跟着了。"

陈敬直接承认:"嗯。"

"啧,啧,啧,真不像你啊,铁树开花了。"刘轩说,"就得这么主动,你再接再厉吧。"

周围人声喧哗,酒杯碰撞,有人说着婚礼贺词,道着新婚贺喜。

新郎新娘身着盛装,和酒桌旁的亲朋好友举杯。

欢声笑语中,陈敬隔着人群再次望向倪清嘉,眼底闪过一丝狡黠。

　　上次在婚礼上，陈敬看见倪清嘉落在洗手台上的口红，本来想找个机会给她还回去，但等他腾出空来的时候，发现她和她母亲已经离开了。

　　几天后，陈敬才想起这件事，给倪清嘉发消息。

　　倪清嘉过了很久才回复，说她回爷爷奶奶家住了，等大学开学才回来。

　　陈敬就打算等她回来再把东西还给她。

　　刘轩和同城的几个好友组了支暑假限定乐队，有时晚上会在清吧免费演出。他让陈敬打掩护，还要拉着陈敬看他们的表演。

　　陈敬去过一次。

　　他们乐队的是暴躁摇滚风，陈敬喜静，有点儿欣赏不来，但他莫名觉得倪清嘉会喜欢，他想带她来。

　　倪清嘉其实提前回来了，但她没告诉陈敬，陈敬问起来她只说还在老家。

　　她在躲陈敬。

　　她需要时间冷静冷静，让自己暂时别那么上头。

　　躲了几天，见躲不过去了，倪清嘉才让陈敬来她家把口红还给她。

门铃响了，倪清嘉打开门。

"倪清嘉。"他叫她的全名。

陈敬拿出她的口红，递给她："你上次落在洗手间的口红。"

"嗯。"倪清嘉应了一声，捂着肚子走到沙发上坐下，"放到桌子上吧，出去前帮我把门关上，谢谢。"

陈敬发现她的眉头紧蹙，看上去不太好受，关心的话脱口而出："怎么了？"

倪清嘉摇了摇头。

陈敬想到一种可能："来例假了？"

倪清嘉疼得一抽一抽的，本来还能忍，陈敬一问，她立刻委屈地哼了一声。

在脆弱的时候，她忘记了要躲陈敬这件事。

在她的潜意识中，陈敬是个可以依赖的人，她可以向他诉苦、撒娇。

陈敬面含忧色，径直走到沙发前半蹲下，目光和她齐平，低声问："很疼吗？有没有药？"

轻柔的嗓音从她耳畔传来，倪清嘉突然意识到陈敬现在离她那么近。

"你……"倪清嘉才说一个字就停住，缓过那阵疼，有气无力地说，"我第一天都这样，明天就好了……你走吧。"

陈敬看着她额头上冒出的冷汗："这样吧，我去给你买药，要是疼得受不了，你就吃药，不想吃就留着下次。"

倪清嘉比方才清醒，抬起头，艰难地开口："别……你走吧。"

陈敬沉默了一下："你晚饭吃了吗？给你买一份？"

倪清嘉蓦地想流眼泪，肚子很疼，情绪随之变得细腻、敏感。

他为什么这么温柔……

她那么狠心地疏远他、躲他，陈敬干吗还要对她这么好？

倪清嘉说："不用，我等会儿点个外卖……"

"好。"

陈敬抬手，想摸她的头发，手僵在空中，最终还是垂下来，压着嗓音说："嘉嘉……"

倪清嘉短暂地听见这一声，便再也听不到。

她愣神的间隙，陈敬离开了。

倪清嘉觉得陈敬是被她劝走的，嘴角泛起几分苦涩。

但没过多久，陈敬气喘吁吁地跑回来，拿了盒止痛药给她。

倪清嘉现在的脑子转得慢，怔怔地盯着他手上的药，然后抬头看陈敬。

陈敬应该是跑着回来的,发间微湿,脖颈也出了层薄汗。

陈敬去厨房接了一杯水,叮嘱她:"一次吃一粒。"

倪清嘉望着陈敬,感觉陈敬和之前很不一样。

她觉得他们这样不好。

倪清嘉接过水杯,赶他回去:"你回去吧。"

陈敬静静地注视着她,双唇紧抿,眉眼似云雾般深沉。

他没再说话,嗯了一声,走了。

倪清嘉握着暖暖的杯身,心道,他的嘴巴很干,最近肯定又没有好好喝水。

她打开杯盖,甜甜的热气升起,看着杯子里的红糖水,她的眼里蒙上盈盈水汽。

次日,陈敬又给倪清嘉送来了红糖姜茶,殷勤得一点儿也不像他。

"你跟我过来。"她走到小区楼下的一条巷子里,转身,对跟在后面的陈敬说,"陈敬,你什么意思?"

"嗯?"陈敬装傻。

倪清嘉板着脸,反问:"那你这两天在干吗?"

这话说出口,倪清嘉心里先疼了一下。她收下了他的好意,却来质问他。

一阵风轻轻拂来，吹得她脸干眼涩，头发也乱了。

陈敬自然地帮倪清嘉理了理碎发，声音和风一起散开："你知道我在干吗。"

"我不知道。"

倪清嘉撇开脸，背对着风口，马尾便轻轻摇曳。

陈敬凝视着倪清嘉的背影，表情并没有方才那样轻松，倪清嘉的态度摆明了想推开他。

陈敬反思过是不是自己这两天太殷勤了，可他确信倪清嘉对他有感情。话语可以骗人，眼睛不会骗人。她看向他的时候，分明有着压抑的情意。

陈敬轻轻笑了一声："我们什么关系都没有，你怕什么。"

"……"倪清嘉做贼心虚，自然不知道如何回答。

"反正你别给我送东西了。"怕这句话太无情，她又补充一句，"上次，谢谢你了，那个药很有用。"

陈敬眉眼微动，走近倪清嘉一步。倪清嘉被陈敬挤在巷子的角落里。

陈敬一动，她无路可退，背后只有硬实的墙壁。

气息渐近，倪清嘉看见陈敬喉咙间的小骨头上下滚动，那颗小痣跟着起伏。

"你干吗……"

陈敬没再靠近，低头，目光沉沉地落在她的嘴唇上："谢人要有行动。"

"不然就不要说这两个字，我不想听。"他的声音一如既往地好听。

陈敬真的变了，他以前哪会说这种话。

倪清嘉红着脸瞪了他一眼："陈敬，耍无赖是不是？"

"没有。"陈敬一脸无辜。

"那你想怎样？"

倪清嘉仰着头，眼眸含着一点儿怒意，不吓人，倒显得整张脸娇俏生动。

她的嘴唇色泽红润，因为说话而微微张开。

"想……"陈敬顿了顿，嗓音又哑又干，低得快听不见，"抱你，可以吗……"

倪清嘉的瞳孔一震，陈敬真的是疯了……

没听到回答，陈敬俯下身，将她笼罩在他的阴影中，蛊惑着问："可以吗？就抱一下，可以吗？"

倪清嘉觉得耳根发烫，脸烧得快比天边的云霞烂漫。

陈敬又靠近她几分，鼻尖几乎相触，呼吸几乎要洒在她的唇上，问了第三遍："可以吗？"

微沉的音色按摩着她的鼓膜，倪清嘉动了动唇，还是没有说话。

他的心脏怦怦地狂跳，陈敬当即脸有些热，那些看似随意的撩拨都是装的，其实他紧张得要死，怕她生气，怕她拒绝。

他咽了咽唾沫，按捺住快要轻盈地起飞的心情，小心翼翼地伸出胳膊。

即将触碰的那个瞬间，天上掠过一只飞鸟，叽叽喳喳地叫了一声。

动静不大，可在倪清嘉的耳中如同警钟一般巨响，她震惊得蓦然睁大双眼，陈敬清俊的脸庞近在咫尺。

"不行……"倪清嘉使劲推了陈敬一把，满脸通红地跑出了巷子。

陈敬往后踉跄了一步，再回神，倪清嘉只剩下一个背影。

他没有追上去，静静地立在原地。

晚上，陈敬收到倪清嘉的转账。

她发来一条消息：药钱！

陈敬没收，慢悠悠地打字：不接受金钱的感谢，只接受行动感谢。

倪清嘉回他一个字：滚！！！

陈敬盯着手机屏幕，从那串感叹号里辨认，她应该没有生气吧……

Chapter 09
喜欢白羊

过了几天,倪清嘉去大学报到了,开始了丰富多彩的大学生活。倪清嘉一开学就忙着军训和上课,她很快适应了新环境,和同学们打成一片。等她回过神来,已经是国庆之后了,不得不感慨时间过得好快。

这天晚上,许久不联系的薛淼淼发给她一个视频,她点开,背景好像是 A 大的迎新晚会。她听到主持人报幕:"下面有请计算机系 1 班的陈敬为大家自弹自唱一首《白羊》,大家鼓掌欢迎。"

倪清嘉盯着视频里缓缓走上台的人,怎么都觉着好陌生。

他抱了把吉他,有同学帮他搬了把椅子,调好话筒的高度。

陈敬扫了一眼台下,左手按稳和弦,右手轻轻一拨,从细细的琴弦下流淌出跳动的音符。

短暂的前奏后,陈敬轻声开唱。

倪清嘉在前奏出来的那刹,就怔怔地失神。

陈敬的声音清澈,唱前几句时带了点儿沙沙的哑,好似黎明时分的雨林,露水从叶上滚落,渗入泥土。

他每唱一句,倪清嘉便回忆起一件事。

她和他一起上的晚自习。

她骑他的车摔倒了。

她说的狠心的话。

他慢慢靠近的脸。

…………

倪清嘉凝望着台上的人,她知道,他在唱给她听。

他在唱他们的故事。

陈敬唱到副歌,灵活的手指轻轻拨动着琴弦,变换节奏。

他眼眸微敛,含着浅浅的忧伤。

多热烈的白羊,

多善良多抽象。

多完美的她呀,

却是下落不详。

…………

倪清嘉觉得鼻子发酸,看着视频的眼睛已经觉得干涩,但仍然一眨不眨。

薛淼淼几分钟前发来一条消息:陈敬唱歌可以啊!

她回复:嗯。

她的心在滴血,但她再疼,也不及陈敬的十分之一吧。

唱到末尾,陈敬的脸上仍然是淡淡的神色,他不习惯有大喜大悲的表情,他连流泪都是无声的。

可感情并不需要多么夸张的诠释,最清浅的,也最浓郁。

倪清嘉听得懂。

他在述说对她的想念。

他在向她表白。

用他的方式,认真又浪漫地表白。

薛淼淼打来一个语音电话,问倪清嘉:"姐妹,你是不是白羊座的?"

倪清嘉支支吾吾地说:"啊?我也不知道……"

"少来，你去年的生日还是我陪你过的，我记得是四月份，对吧？"薛淼淼直接点破，"陈敬别有用心啊，你没什么想法？"

"我不知道……"

这句是真话。

倪清嘉不知道应该怎么回应陈敬。

薛淼淼喷了一声："这么纠结？从来没见你这样过啊。"

倪清嘉没吭声。

"你喜欢他吧。"薛淼淼叹了口气，"喜欢就去试试，你现在怎么畏手畏脚的？"

倪清嘉良久后才开口："淼淼，我害怕……"

薛淼淼和倪清嘉认识这么久，她太了解倪清嘉了。薛淼淼淡淡地笑了一声："懂了，你厌了。和我说说呗，你怕什么？"

"怕……"倪清嘉顿了顿，"怕他后悔……"

薛淼淼沉默了一会儿，才开口："比起他后悔，我更怕你后悔。"

"这么犹犹豫豫的，一点儿也不像你。更何况，干吗要预支未来的烦恼，万一你想的那些事根本不会发生呢。"

倪清嘉嗫嚅着说："我……我再想想。"

Ａ大文学社编辑部的大一新生小冉看见陈敬唱歌的视频，和学姐周雪提议，邀请陈敬作为这期人物访谈的主角。

周雪对陈敬略有耳闻，知道他是计算机系的新生，成绩优异，形象正面又积极，十分贴合本期社刊内容。

周雪是个行动派，打听到了计算机系的课表，第二天便和小冉一起趁着下午第一节下课后去计算机教室找陈敬，结果他的同学说陈敬下课后去操场了。

陈敬刚跑完步回来，浑身汗涔涔的。

再过一星期要开运动会，他报了长跑比赛的项目，得每天抽空去操场练习。

陈敬被周雪、小冉拦下来，后退半步，微微侧身，听见她们说想要采访他。

陈敬面无表情。

周雪怕他不同意，说："陈敬同学，不会耽误你很多时间的，五分钟，采访内容我们会上传到我们学校的公众号上……"

初秋季节，他仍然穿着短袖，露出越发结实有力的胳膊。夕阳余晖的柔光下，一根清晰的青筋从小臂上隆起。

陈敬缓缓开口，刚运动完的声音有些干哑："文学社吗……"

那她是不是有可能看见……

陈敬随即答应:"好。"

问题早已提前拟好,大多围绕着学习展开。

小冉站在周雪的身后,偷偷打量着陈敬,帮助周雪记录陈敬的回答。

十几个问题,超出了周雪所说的预计时间,但陈敬没有在意,依旧耐心地回答,态度温和,语气真诚。

小冉一心两用,心想,陈敬人还挺好,分享的几个学习技巧都是干货。她记得慢,提问的间隙,他还会等她。

可小冉总感觉有距离感,不知道是不是隔着镜片的缘故,他的眼前像蒙上了一层雾,让她看不清、摸不透,不知道他身上淡淡的忧伤从何而来。

问完有关学习的内容,周雪聊起了一个轻松的话题:"陈敬,前几天我看到你参加了迎新晚会,还在网上刷到了你的视频呢。没想到你还会弹吉他,想问问你的吉他是自学的吗?"

"不算是。"陈敬的眼神有些无奈,"我哥是吉他手,他逼我学过一段时间……不过他后来说我没天赋,又放弃了我。"

周雪和小冉笑了。

最后一个问题由小冉问:"你为什么会选择《白羊》这

首歌呢？"

话音刚落，小冉察觉到面前的人顿了顿。

回答前面的问题，他最多停顿一到两秒，然而面对这个最简单的提问，他却意外地停顿了许久。

太阳西沉，天边剩下最后一抹朦胧的红霞。夜色悄悄降临，一点点吞没那片暖色的云彩。

照在陈敬脸上的斜晖消失了。

从头到尾，他的脸色一直是平静的。

此时听见小冉的话，想到什么，他的嘴角漾起淡淡的笑，比落日还醉人。

陈敬的声音低沉了一些，被温柔的晚风送来："因为……喜欢白羊。"

小冉点点头，在纸上写道：因为，喜欢《白羊》。

倪清嘉这几天总是点开那个视频。

点进评论区，每条留言都与陈敬有关。

她的心里很不是滋味。

那是陈敬唱给她的歌，现在却被众人一起欣赏、讨论。

倪清嘉有一种自己的私有物品被他人窥视的感觉。

倪清嘉点开和陈敬的聊天框，对话停留在好几天前。她盯着陈敬的名字发呆，想打字，又不知道说什么。

这种感觉很难过。

倪清嘉想，如果，如果陈敬再提出一次要抱她，她不想躲了。

倪清嘉咬着嘴唇，睫羽微颤，在聊天框里打字：你还喜欢我吗？

末了，她还是一字字地删除了，重新编辑：嘿，你唱歌挺好听的。

陈敬这次回复得很快：你听到了。

是个陈述句。

倪清嘉：嗯。

她不死心，又发了一条：为什么唱这首歌？

陈敬看着屏幕上提出的和白天学妹采访时一样的问题，隐晦地回复：你知道的。

倪清嘉咬了咬手指，慢慢地打字：我不知道。

她想听他说。

如果他告白了，她就顺势同意。

她等待了几秒，陈敬的消息发过来了：那你想知道吗？

倪清嘉屏住呼吸，一颗心跳到嗓子眼，紧盯着上面的"正在输入……"几个字，忽然怂了。

她飞快地打字：算了，我不想知道了。

陈敬抿了抿嘴唇，慢慢地删除了对话框里的四个字，回复：嗯。

他松了口气，但又觉得有点儿难受。

陈敬是不想现在说的。

他不习惯做没把握的事情，考试是，恋爱也是。

总还有机会慢慢说，陈敬不急，大不了再试一次之前的办法，陈敬一点儿也不介意她多占占他的便宜。

他乐意至极。

过了几天，就到了A大的秋季运动会。B大也是这几天举办运动会，倪清嘉是啦啦队的队员。

陈敬给倪清嘉发消息，说自己报名参加了三千米长跑比赛，邀请倪清嘉来为自己加油。

一上午，倪清嘉这个啦啦队员当得很负责。

尽管有些同学的成绩惨不忍睹，她都不离不弃地去喊加油了。

她不仅给自己班的同学加油，还给外班的同学加油。

陈敬的比赛在下午三点钟，倪清嘉吃过饭就叫上薛淼淼一起去了A大，看陈敬的比赛。

倪清嘉站在操场边缘，望着站在起跑线前的陈敬，他身边是两个穿着训练服的学生。

倪清嘉顿时沉下了脸，真烦，又有体育生。

枪响之后,陈敬没占到好位置,处于队列中间。

给他加油的人很多,还有一些他根本不认识的外班的女生。尽管如此,倪清嘉还是喊了加油,混杂在各种声音里,他恍若未闻,只在不经意间向她瞥了一眼。

倪清嘉知道,他分辨得出她的音色。

跑到第四圈,陈敬从中间到了第一梯队。陈敬永远让人放心,在任何方面。

等他最后冲过终点线,被他们班的人团团扶住,倪清嘉远远地看着,泄气地转头走了。

薛淼淼坐在台阶上跷着二郎腿玩手机,看到回来的倪清嘉,随口问:"他第几名?"

倪清嘉:"第三名。"

"厉害啊!"薛淼淼又问,"你不去看看他?"

"不了。"

薛淼淼放下手机:"别跟我在这儿装。"

她从箱子里抽了瓶水给她:"姐姐,咱可以诚实一点儿吗?去,给他送瓶水,不难吧?"

倪清嘉讷讷地拿着矿泉水,脑子里是陈敬弯着腰的情景,她有点儿不放心。

"那我去了?"

薛淼淼扬扬手,做了一个赶人的手势:"去吧。"

倪清嘉回到操场，陈敬已经不在那儿了。

她找到陈敬班级所在的地方，陈敬和几个同学一起坐在椅子上，微微驼着背，低着头咳嗽，让人看不清脸上的表情。

倪清嘉做了个深呼吸，走到陈敬旁边，低声问："你还好吗？"

听见她的声音，陈敬迟缓地抬头，眼前出现一瓶矿泉水，还有一只白皙的手，指甲修剪得十分整齐，柔和而带有光泽。

他的目光向后探，黑色的裙摆下是一双细直的腿。

陈敬不动声色地扫了一眼，接过水，偷偷把脚边那瓶没喝完的矿泉水往椅子底下挪。

一出声，他的嗓音又沉又哑："不好。"

"啊？"倪清嘉紧张起来了，陈敬从不说谎，一想到他那么认真地跑完全程就感觉容易出事，倪清嘉结结巴巴地问，"哪……哪里不舒服？"

他不肯说。

他低敛着眸，神色显得十分脆弱，偏偏嘴唇干裂、泛白，阳光下不见血色，更显得陈敬可怜无比。

他指了指身边的椅子："你陪我坐一会儿。"

倪清嘉满脑子都是陈敬的"不好"，没多想，挨着陈敬坐下了。

一着急,她也忘了他们之间些许微妙的关系,忍不住碎碎念道:"你干吗跑得那么急?谁催你了吗?那几个都是体育生,你还想反超啊?又没人让你非要拿名次,是不是蠢……"

本来还想抱怨几句他们班的人,但周围还有两三个他的同学。虽然都在玩手机、看书,但倪清嘉觉得他们肯定竖着耳朵在偷听,只好把话憋了回去。

明明拿了不错的成绩,还得闷头挨批,陈敬没有任何不快,微不可察地扬了扬嘴角,嗯了一声:"下次不会了。"

"你还有下次?"

倪清嘉的音调高了些,几个同学蓦地向他俩看过来,倪清嘉立刻缩回头,脸被太阳烤得通红。

陈敬凝视着她耳侧的薄晕,弯了弯眼,把矿泉水递给她:"有点儿没力气,帮我开一下……"

倪清嘉接过来,随便一拧就开了。

她瞪了陈敬一眼:"你逗我玩呢?"

陈敬再不舒服,也不可能连个瓶盖都打不开吧。

陈敬展颜一笑,喝了几口水,嘴唇湿润了,低声道:"没有……真不太好。"

他继而凑近到她的耳边,避着众人,像是说悄悄话:

"可以帮我个忙吗？"

嘴唇一张一合，呼出的气息如柳絮蹭着倪清嘉，那一片皮肤瞬间泛起热腾腾的痒意。

连带着肩膀也绷紧，倪清嘉不自在地转过头："什么忙？"

陈敬拿了条一次性毛巾，起身对倪清嘉说："跟我来。"

倪清嘉便跟着他，一路到了教学楼的洗手间。

陈敬把洗手池放满了水，毛巾沾上了水。

他抬手，解开领口的一颗纽扣，倪清嘉条件反射地问："你干吗？"

陈敬的动作停下了，眼神清澈地看着倪清嘉，不带任何暧昧之色，轻声说："好多汗，难受……可以帮我擦一下汗吗？背上我擦不到。"

他的语气再正经不过，倪清嘉自己先想歪了，摸了摸鼻子："哦，行。"

陈敬拧干毛巾给她，倪清嘉像拿到一块烫手山芋，不知从何下手。

陈敬背过身去，自然地撩起衣服，虚虚地卡在腋下。

赤裸的肌肤映入倪清嘉的眼帘。

下面是劲瘦的腰，窄窄的线条向上延展开，露出一片宽阔的背，再往上的风光被衣服遮挡。

一滴汗珠沿着背流到后腰，沁出浅浅的水痕。

换任何一个其他人满身是汗地出现在她面前，倪清嘉绝对头也不回地走掉。

可这是陈敬，陈敬哪里都是好的。

她扫了一眼，用毛巾帮陈敬擦去汗渍。

她想心无旁骛地帮完这个忙，可脑子不允许。

察觉倪清嘉停滞的动作，陈敬转了个身，原本按在他背上的那只手，落在了他的胸前。

倪清嘉一愣，忘记收回。

陈敬捏着衣角脱了衣服，问："是不是穿着衣服不好擦？"

倪清嘉没否认。

他的动作太干脆利落，倪清嘉忽然清醒过来，眼眸渐渐眯起，闪过一抹幽幽的探究之色。

"为什么脱衣服？"

陈敬平静地回答："擦汗。"

"哦？你说这话你自己信吗？"

陈敬笑了笑，倪清嘉感受到掌心下的胸膛微微震动，头顶传来陈敬低沉的嗓音："你信就行。"

人就在她面前，没道理再放手了。

倪清嘉不想再思考那么多有的没的。

何况陈敬那么主动，她怎么好辜负他这一番用心良苦。

午后的阳光照在他微微汗湿的身上，倪清嘉能嗅到轻微的汗味，但她不觉得难闻。

倪清嘉张开手臂，喃喃道："陈敬，还你上一次的……"

"嗯？"后半句陈敬没听清，微微侧身倾听。

倪清嘉以为陈敬故意躲，把毛巾扔回洗手池，佯装生气："不给抱算了。"说罢，转身就要走。

陈敬怔住，一向灵活的大脑忽然慢了半拍，直到她说完话才回过神。

裙角被贪婪的微风掀起一点儿弧度，漾起的是陈敬心中的涟漪。

倪清嘉走出半步，一只有力的手牢牢地抓住了她纤细的手腕。

随即，一道不容抗拒的力量将她向后带去。

操场上远远地传来一声枪响。

巨响过后，人群攒动，热烈的加油助威声此起彼伏。

教学楼的一角，陈敬把人圈在怀里，见她慌乱地抬眼，略微惊讶地张着嘴，几根头发粘到唇边，可爱得不行。

陈敬拨开那缕发丝，指腹轻轻滑过她细腻的脸颊，动作很慢，不会让人感到轻佻冒犯。他的喉结滚了滚，不想再等，低头，毫不迟疑地抱住了她。

时间仿佛停格，可心跳却在加快。

倪清嘉睁大眼睛，没料到一向克制的陈敬会这么大胆。

秋风习习，楼旁的草叶沙沙作响。

陈敬抱得太紧了，他的体温透过布料几乎传到倪清嘉的身上。平整的衣服乱了，平稳的呼吸乱了，平静的心也乱了。

感受着左胸口起伏的心跳，倪清嘉觉得快喘不过气，拧了下他的腰，他才委委屈屈地松开一点儿。

仅仅几秒钟的拥抱，她已经满脸通红。

倪清嘉小声说："这是还你上次帮的忙……"

闻言，陈敬低下头，附在她耳边道："欠了这么久，没有利息吗？"

倪清嘉的耳根滚烫，顺着他的话问："什么利息……"

陈敬贴着她的耳垂，低低地出声。近到倪清嘉耳周的气流微微震动，终于努力听清他的话。

"再抱久一点儿，可以吗？"

倪清嘉的脑子很乱，理不清现在的状况，他们是什么关系？可不可以如此亲密地拥抱？这样做对不对？好不好？

但潜意识告诉她，跟着陈敬走，总是没错的。

陈敬比她聪明，陈敬会告诉她答案。

倪清嘉点了点头，抬眸，看到他一双眼里是和自己一样的紧张，不由得失笑。

陈敬的头发微微乱了，两颊染着好看的薄晕，眼里泛着水光。不知怎么，看着这样的他，倪清嘉的心便开始不安分。

"你怎么不看我？"她轻轻地问。

倪清嘉是标准的瓜子脸，一双眼又灵又媚，五官挑不出任何毛病，属于单看漂亮，组合在一起更精致的那种。她的个子不高，但身材比例极好，皮肤白净，在人群里很容易让人一眼看到。

陈敬和她对视着，几次都躲开了。

他明明内敛，却又装作大胆，她觉得他很矛盾，更想做些坏事了。

她踮起脚，向着那张紧抿的双唇贴近，位置不对，她蹭着他的嘴角而过。

嘴唇微凉，可呼吸温热。

这个吻像蝴蝶般轻盈地落下，又很快飞走，短暂得陈敬甚至没来得及反应。

"你……"那短短的半秒钟，让陈敬浑身上下都麻了，他愣了愣，傻傻地看着倪清嘉说不出话。

"我什么我？"倪清嘉蛮不讲理地说，"不能亲？"

"可……可以。"他忽然结巴起来。

听到他磕磕巴巴的回答,倪清嘉想笑,又踮起了脚。

陈敬看见倪清嘉闭上了眼,于是他也闭眼,两张唇轻轻相触。

心灵在战栗,时间仿佛停止流动。

陈敬洗过脸,所以嘴唇是凉的。倪清嘉能感受到陈敬是第一次接吻,但他并不急躁,两手规规矩矩地放在她的脸颊边,不乱摸乱碰。这让倪清嘉觉得自己是被珍视着的。

陈敬的吻技青涩,倪清嘉却格外喜欢他的青涩,他的青涩让她好心动。

吻到后面,倪清嘉摸着陈敬的耳朵,碰到了他的镜框。

眼镜打到倪清嘉的鼻梁,吻被迫中断,时间不长也不短,恰到好处。

"陈敬,再亲一次吧。"倪清嘉回味着说。

陈敬面红耳赤:"好。"

倪清嘉问:"可以摘眼镜吗?"

陈敬点点头,摘了眼镜递给倪清嘉。

倪清嘉顺手接过来。

这一递一接的动作太过自然,两个人都是一愣。

他们相视无言,慢慢吻到了一起。倪清嘉主动仰着脖子回应陈敬,抱着他,整个人快要挂在他的身上。

这时，走廊上传来几声谈笑，忽然惊扰了他们。

愈发接近的脚步，如同在催促这个吻结束。

陈敬发觉怀里的人瑟缩了一下，但也没有停止吻他。

难舍难分之时，谁都不想先放开。

陈敬搂着倪清嘉，半推着她进了一间空教室。

倪清嘉被按在教室的墙上，继续着。

外头的几个人早已离开，陈敬缓缓地松开她，分开几秒之后，又凑近啄一下。

倪清嘉没拒绝，紧紧地抱住陈敬。

倪清嘉喘着气，直视着陈敬的眼睛，嗓音嘶哑："我问你，是不是故意勾引我？"

陈敬吻了她一下，干脆地承认："是。"

倪清嘉凝眸，他的眼神太诚挚，话语也直接。看着看着，她忽然笑了。

烦恼多日的心结，全都因为他的一句话解开。

陈敬都不怕，她怕什么。

倪清嘉踮起脚尖，唇送到他唇边，轻轻吻了下，低声道："陈敬，是你招惹我的。"

陈敬听出她的深意，心脏在剧烈地跳动，在昏暗中注视着她漆黑的眼眸，声音发颤："嗯。"

陈敬看见倪清嘉湿漉漉的眼眸，好似盈着点点星光。

他揽她进怀,讨好地亲一亲,问道:"我们是不是在一起了?"

他得要一个明确的回答。

"没在一起。"背后冰冷的墙面硌着倪清嘉的背,"你没有和我表白。"

陈敬舒了一口气,放开她,认真地看着她的眼睛。

"倪清嘉,我喜欢你。比你想象的,还要喜欢你。做我的女朋友,可以吗?"

"喂,哪有人这么随意地表白的。"倪清嘉嘴上嫌弃着,唇角却扬起来,"一点儿也不浪漫。"

陈敬摸了摸鼻子,觉得她说得有道理。

倪清嘉捏捏陈敬的腰:"不过看在你今天表现出色的分上,我就考虑考虑吧。"

陈敬低头问:"考虑多久?"

"嗯……"倪清嘉装作思考的模样,"反正过几天给你答复。"

陈敬说:"好。"

倪清嘉倒不是想吊着陈敬,只是她认为当下的情况,很不适合作为她和陈敬恋情的开端。

给他们一点儿时间,让她和陈敬都认真思考一番,然后等他正式、浪漫的表白。

第二天,是运动会的最后一天。

上午进行一些项目的决赛,下午是颁奖仪式和教职工运动会。

两项活动和倪清嘉都没关系,她得以在教室偷懒,手机都玩没电了。隔壁班的同学也在,两个班的十几个闲人正在商量着要不要一起出去唱个歌。

赵宇格跟倪清嘉一个大学,就在隔壁班:"唱歌,来不?"

倪清嘉随口道:"再说吧。"

"再说?"赵宇格拍了拍桌子,"之后可就忙起来了啊。"

倪清嘉寻思着下午没什么事,便同意了:"行。都有谁?"

赵宇格指了指周围七八个人的名字,有男有女,又挤眉弄眼地挑起另一个话题:"哎,你觉得我最近有什么变化?"

倪清嘉跷着二郎腿,瞥了他一眼:"变胖了。"

赵宇格很无语:"姐,我这是肌肉,肌肉!"

"我这个月一直在健身。"赵宇格向倪清嘉展示他的健身成果,"怎么样?看着还行吧?"

他嘚瑟完,还邀请倪清嘉上手品鉴:"你试试,结实得很。"

倪清嘉的嘴角抽搐着:"能先把你的衣服放下来吗?"

赵宇格急于证明自己:"别不好意思啊,都是自己人。"

倪清嘉白了他一眼,随手掐了下他的腰。

赵宇格哎哟一声跳开。

倪清嘉慢悠悠地评价:"也就那样。"她心中暗想,还是陈敬的好摸。

赵宇格不服气地和倪清嘉讨论,你一言我一语,吵得不可开交。

两个人都没注意到走廊上静静伫立的一个人。

陈敬的牙都快咬碎了。他垂着手,掌心捏了块奖牌,是刚刚拿到的,他拿到之后就打车来了她所在的大学。

因为想到有一年运动会,倪清嘉脖子上挂着全班的奖牌拍了张照,笑得很开心。他想她应该挺喜欢奖牌的。

当时她脖子上奖牌其中有一块是他的,那时候陈敬还没有理由送给她,所以今年拿到奖牌后便想给她。

可陈敬一过来,就看到倪清嘉在摸其他男生的腰。

他的脚步一下子停住,脸色变得僵硬。

她和别人怎样打打闹闹,只要不过火,陈敬全能忍下,但摸别人的腰,绝对不行。

陈敬太了解倪清嘉了,她对腰有执念。然而此时,她摸了别人的腰。

陈敬偷偷打量着那个男生,他虽然不熟,暗地里其实观察过他。

他和倪清嘉的来往没有很频繁,关系倒是一直不错。正因如此,陈敬嫉妒得要疯。

走廊忽然起了一阵风,陈敬在风中转身离开,衣摆被吹得微微扬起。

他需要一点儿时间来消化情绪。

倪清嘉完全不知晓陈敬的到来,问几个同学什么时候去唱歌,她的手机没电了,需要扫个充电宝。

赵宇格拍板:"现在呗,过一会儿天该黑了。"

众人赞同,纷纷收拾东西出门。有几人要去上厕所,大部队分成两拨人,倪清嘉走在最前头。

那一头,陈敬还是走了回来。气归气,醋归醋,奖牌还是要送的。

偏偏教室里已经空无一人,陈敬看见从厕所回来的赵宇格急匆匆地下楼的身影,鬼使神差地跟了上去。

是出校门的方向,方才在走廊听到零星的几个词,陈敬大致猜到他们要去干吗。

她要和那么多男生一起去唱歌,还有那个她摸过腰的人。

陈敬好不容易消下去的情绪又上来了。

明明昨天她还在他的怀里和他亲亲抱抱,今天和别人出去玩，都不和他报备一声，甚至连条消息也没发。

即便他现在还不算她的男朋友，陈敬认为他们已互通过心意，只差倪清嘉最后点头，她怎么也该对他负责。

因为在意，他越发觉得患得患失，一路跟着赵宇格到了 KTV。

他们一行人在大厅等人，陈敬看到了倪清嘉。倪清嘉让赵宇格给她扫了个充电宝，陈敬没细想这个行为，只在乎倪清嘉摸到了赵宇格的胳膊。

他的脸色阴沉，目光幽深，好似隐匿于黑暗中的猎手。

倪清嘉跟着大部队进了包厢。

手机终于充上电，倪清嘉开机，有一条薛淼淼给她发来的安利一个电视剧的视频。

倪清嘉回以一张在 KTV 拍的照片。

同学喊她点歌，倪清嘉挑了首热门金曲。

人多话筒少，她的歌在最下面，一时半会儿轮不到她唱。

两个男生对唱起《狼的诱惑》，演绎现实版鬼哭狼嚎的场景，全是感情，毫无技巧。

倪清嘉备受折磨，借口上厕所出去躲避躲避。

推开包厢的门，她低头玩手机，给陈敬发消息，才打两个字,身旁突然有只手将她拽进隔壁的包厢。

力道大得她的手机都快掉落,倪清嘉惊呼出声,余音被一张热唇堵回喉咙。

"唔……"

熟悉的气息让她认出了眼前的人。

"陈……"

仅发出个单音,嘴唇被陈敬封住,一句话也没法说。

陈敬把倪清嘉的手机丢向沙发,将她按到门边的墙上,不管不顾地亲吻她。

他本以为所有的忍受要到头了,她又给他当头一棒。

倪清嘉总是这样,昨天还在亲他,今天却能摸别人的腰,和别人走。

怒火烧尽意识,醋意快要冲碎他的理智。

陈敬什么时候这么凶过,倪清嘉很不适应,没空去想陈敬为什么会出现在这儿。

包厢里没开灯,只有荧幕发出的白光映照着整个包厢。冷色调的微光落在陈敬的侧脸上,显得他的脸色惨白、疏离,他凌厉的脸庞轮廓如同尖锐的刀锋。

倪清嘉偏过头躲他的唇。

这个吻让她体会不到情意,明明他的唇是热的,可她分明能感受到他的心如寒霜。

这个吻,不是他爱意的表达,更像是惩罚、占有、变相地侵犯。

她不喜欢。

倪清嘉抬手推搡陈敬:"不要这样亲。"

陈敬的吻落了个空,他紧紧地箍住她不听话的手,把她按在墙上,五指收紧,似乎要捏碎她的腕骨。

陈敬下了狠劲,倪清嘉的脉搏被他攥在手里,手腕像上了铁铐。

"痛啊。"倪清嘉挣扎着踹他的膝盖,"你发什么神经?"

陈敬闷闷地叫了一声,欺身压住她乱动的腿。

一双眼隐匿在昏暗中瑟瑟颤抖,陈敬抓着她的手放在他的左胸口,张了张嘴,却没发出声音,喉咙干涩得吞咽口水都困难。

过了良久他才哽咽着道:"有我痛吗……"

倪清嘉愣住了。通过手下那颗跳动的心脏,她仿佛看见一个破碎的灵魂。

她不明白陈敬想干什么,为什么这样,但她知道,他在生气。

这是她认识陈敬以来,他第一次发火。

"你……"倪清嘉一出声,又被陈敬凶狠地吻住。

陈敬一手束缚她的两只细腕,另一只手迷恋地抚摸倪清嘉的脸颊。

今天的事情是个导火索，陈敬积郁已久，但还是喜欢她，比以前更喜欢她。

倪清嘉四肢酥软，半倚在陈敬的肩上。

"陈敬，你有完没完……"

陈敬吻了吻面前终于安分些的人，镜片中反射出冷冽的寒光，声音嘶哑："叫阿敬。"

倪清嘉哼哼唧唧的，就是不叫。她摸了摸陈敬的头发，问他："陈敬，你怎么在这儿？跟过来的？"

陈敬执拗地纠正："叫阿敬。"

倪清嘉叹了口气："阿敬，你总是什么都不说，你是要让我猜吗？我不喜欢猜。"

陈敬精准捕捉到"不喜欢"这三个字，呼吸凝住。

倪清嘉轻轻地挠他的下巴："嗯？为什么这么生气？和我说说。"

他的委屈有人听了。

陈敬觉得鼻子发酸，垂下水雾蒙蒙的眼，拉着她的手，放在自己腰侧。

他把头埋进倪清嘉的胸前，又拱又蹭，嗓音含混："不要摸别人，只能摸我……"

他主动地撩起衣服给她摸，他喃喃地重复着："不要摸别人……"

倪清嘉当即失笑,如他所愿,掐住他紧实的腰部,陈敬满足地哼了一声。

"你看见了?"倪清嘉勾唇,抬起他的下巴,"宝宝,就因为这个,醋成这样?"

倪清嘉叫得陈敬浑身一酥,晕晕乎乎的,像喝醉了酒。

陈敬舔舔倪清嘉甜甜的嘴唇,心头漾起酸酸麻麻的痒。

"宝宝。"她又喊他宝宝。

陈敬觉得自己的心都快融化了。他亲亲她的眼睛,害羞地嗯了一声。

陈敬想错一点,倪清嘉从来不是对腰有执念,她是对他的腰有执念。

倪清嘉笑了笑:"这么能吃醋?"

陈敬干涩的唇抿成一条线,一句话也说不出来。

沙发的角落里忽然传来一阵手机铃声,陈敬拿起她的手机,屏幕显示着赵宇格的名字。

陈敬递给倪清嘉,只说一个字:"接。"说完,他低头吻她细白的颈。

倪清嘉发痒,知道他不怀好意,断然不会接这个电话。

可陈敬不允许,帮倪清嘉按下了绿色的通话键,赵宇格的声音立刻响起。

"喂,到你的歌了,你人呢?掉坑里了?"

倪清嘉瞥了瞥陈敬:"没……"

赵宇格那边很吵,他没有听见倪清嘉的话:"你说什么?大点儿声。人跑哪儿去了?搞什么呢?"

陈敬根本不管他们在聊什么,在她的耳边吹了一口气。

倪清嘉抓住陈敬的头发,抬起他乱拱的脑袋,怒目而视。

陈敬没觉得她真生气了,只觉得她好看,睁着无辜的眼睛凝视着她。

那头的赵宇格还在等倪清嘉回话,倪清嘉趁陈敬安分下来,飞快地说:"我要回学校了,你们玩吧……"

陈敬又有要动的趋势,倪清嘉赶忙说了"再见",挂断了电话。

她深吸一口气,想骂陈敬:"陈——"

陈敬截断她的话:"要叫阿敬。"他停顿了一下,耳根一点点红起来,补充道,"或者,宝宝……"

两个人在狭窄的沙发一角说悄悄话,房间里的光似乎也变得迷离、朦胧。

她的脑子里只有一个念头:她以前怎么会觉得陈敬没劲,陈敬,也太带劲了……

陈敬再次抱她,倪清嘉软软地叫他名字:"阿敬。"

"嗯。"

"宝宝。"

"嗯。"

倪清嘉摸到他发烫的脸颊,借着屏幕的光依稀看清陈敬脸上的表情:"宝宝,耳朵好红……"

陈敬躲进她的肩窝,压在她的身上,用脑袋蹭蹭她的下巴。

"唔……有点儿重。"

闻言,陈敬爬起来,亲亲倪清嘉。

哐当一声,一个金属物从陈敬裤子口袋里掉落。

倪清嘉侧头问:"什么东西?"

陈敬捡起来,本来不想多说,想到倪清嘉说她不喜欢猜,解释道:"是我的奖牌,下午领的。要送给你,但是你的教室没有人……"

"哦……"倪清嘉拖着长音,想通整件事,莞尔一笑,"既然要送给我,就是我的了。"

倪清嘉伸出一只手。

陈敬没递给她,撩起倪清嘉的头发,把奖牌挂在她的脖子上。

倪清嘉摸着奖牌,想到他只是来给她送个东西,却又被她搞得生气、吃醋,一个人胡思乱想。倪清嘉反思自己,真不应该摸赵宇格那一下,她是有准男朋友的人,对准男友也是要负责的。

她甚至在想,如果他们有幸结婚,陈敬一定是个很好的丈夫。可要是差点儿运气分手了,他是不是会对下一个恋人也这么好?

倪清嘉忽然有点儿难过,她不希望他有下一个恋人。

倪清嘉朝陈敬招了招手:"过来。"

陈敬走到她旁边坐下。

倪清嘉摩挲着陈敬的脸,温热的指尖在他的脸上蹭蹭:"为什么对我这么好?"

她的语气突然认真了起来。

陈敬不知道她在想什么,目光转向倪清嘉,歪了歪头:"嗯?"

"陈敬,你喜欢我什么?"

陈敬喜欢她什么呢?倪清嘉自认为脾气不好,做事没毅力,偶尔还会有点儿作,最大的优点是有一副好皮囊,陈敬总不能是喜欢她的脸吧?

他应该不像她这么肤浅。

倪清嘉抿着嘴唇,安安静静的,一副少有的正经模样。

陈敬和她对视着,屏幕的光落在她澄澈的眼眸中,映出的光芒搅乱了一池的春水。他瞥了一眼她甜润的唇,又不动声色地移开视线。

沉默了几秒,陈敬没有回答,提起一个毫不相干的话题:"你还记得,我们第一次说话是什么时候吗?"

倪清嘉试着回想了下,印象模糊,不确定地说:"是……第一次月考之后?我好像跟你说话了。"

陈敬笑了一声:"是高二开学的前一天,那天进行大扫除。"

倪清嘉完全记不起来:"大扫除那天我和你说话了吗?"

"有。"

陈敬轻描淡写地讲了下那天发生的事情,倪清嘉还是没想起来。

她当时可能只是路过,随手帮了个小忙,根本没放在心上。

"你怎么记得这么清楚?"倪清嘉半开玩笑道,"陈敬,你不会对我一见钟情吧?"

陈敬捏了捏倪清嘉的脸,算不算一见钟情,陈敬说不上来,那时候他还没有这方面的想法,但不可否认的是,陈敬一眼就记住了倪清嘉。

"我不知道,我只能说,我很早就注意到你了。"陈敬望向窗边,声音仿佛来自遥远的回忆,"并且,经常会留意你。"

陈敬没有办法,他的视线就是会不由自主地跟随着她。

"你喜欢喝巧克力味的饮料,书包里每天都会放一把伞,皮筋爱用粉色的,挽裤脚喜欢卷两次……

"你有很多朋友,你喜欢和他们一起吃烧烤。有一次我骑车回家,大概是开学没多久吧,看到了你和你的朋友吃完烧烤之后在路边吵架,你哭得很伤心。那时候我就在想,如果我能认识你,如果我能和你一起回家,一定不会让你哭成那样……"

倪清嘉愣住了,在回忆中拼命寻找,是在哪个路口,有一个骑车的少年路过看了她一眼,可是她找不到。

陈敬的眼神十分温柔:"我好像没有和你说过,我一直……很喜欢你。"

陈敬终于说出来了,未曾诉说的暗恋,他告诉她了。

"我不知道……"眼波微动,倪清嘉突然觉得想哭。

他说的那些事情,她一件也不知道。她的心融化成一摊水。

"呜呜……"倪清嘉吧嗒吧嗒地掉眼泪,"阿敬……呜呜,对不起……"

陈敬手足无措地抹着倪清嘉的眼泪:"嘉嘉,你别哭……我说这些不是怪你,也不是想给你压力。要是你哪天厌倦了,可以直接跟我说,我来想办法,好不好?"

陈敬越不希望倪清嘉哭，倪清嘉越是哭得伤心，她觉得自己以前坏透了，陈敬还一如既往地对她好。

陈敬有点儿后悔告诉她了，要是知道她会哭得这么厉害，他不会和她说。

他摸了摸她湿润的脸庞："宝贝，不哭了……"

倪清嘉牵住陈敬的手，红着眼睛说："男朋友，要亲亲。"

听见这个称呼，陈敬的眼底浮现出笑意。

他慢慢靠近，嘴唇落在她的脸上，轻吻一下她的泪水，才不徐不疾地贴向她的唇。

陈敬捧着她的脸，拇指在细腻的皮肤上摩挲，像是十分爱惜一件珍宝。

倪清嘉抱着陈敬，要把以前欠的都还给他。

唇是滚烫的，心是炙热的。这个吻绵长温暖，又掺杂着苦涩后的甜蜜。

过了许久，两个人才舍得分开。

倪清嘉埋在陈敬的肩头，闷闷地说："阿敬……我不能给你保证我能坚持多长时间，但我向你保证，我绝对很认真很认真。"

"谢谢你……喜欢我。"

"被你喜欢，是我的幸运。"

陈敬弯着眼不语。

他们都觉得，自己是最幸运的那个人。

走出KTV，来到熟悉的十字路口，倪清嘉吻了陈敬一下。

静谧的夜晚，路灯在偷听两个人的悄悄话。

"男朋友，下次我要听独家、现场版的《白羊》，你只许给我一个人弹唱。"

"好。"

"男朋友，你还有哪些没跟我讲的，暗恋我的小故事？"

"有机会再告诉你。"

"不要，我现在就想听。"

…………

天上月圆满，地上人成双。

（正文完）

Extra 01
私心

倪清嘉第一次见陈敬的家人，是在大一的寒假。

那天她爸妈回老家给爷爷奶奶送东西，留了钱，让她自己解决吃饭问题。

倪清嘉一个人在家无聊，给陈敬发消息：男朋友，晚上没饭吃了。

她还发了一个哭泣的表情。

陈敬立刻回复：怎么了？

倪清嘉一边选外卖，一边扮可怜：爸妈不要我了，男朋友收留我。

陈敬：好，你来我家吃饭吧。

倪清嘉看见这句话的下一秒，陈敬拨来了电话。

"男朋友，你是认真的吗？"

"嗯。"

"你爸妈也不在家？"

"在家。"

倪清嘉："那我不去……"

太……太奇怪了。

一个女生去他家吃饭，他的父母该怎么想，而且要见他的父母，倪清嘉光是想想就很紧张。

陈敬的声音很温柔，通过手机传过来，有点儿低沉："没关系的，只是吃个饭。"

"我不要……"倪清嘉惊讶于陈敬的邀约，他怎么敢带女朋友回家吃饭，"你不怕你爸妈问起来吗……"

陈敬笑了一声："我爸和刘阿姨都是很开明的家长，他们不会问的。刘阿姨烧菜很好吃，我以前也带过同学回家吃饭，她很欢迎。"

"男同学？"

"嗯。"

"可我是女的！"

"女同学也是同学。"

陈敬的语气淡淡的，仿佛这不是一件多大的事情，但倪清嘉心虚："我不……"

陈敬站在窗户边，外面吹来一阵风，呼呼的风声通过手机传到倪清嘉的耳朵里。然后,电话里才响起陈敬略带沙哑的嗓音。

"嘉嘉,我想你了。"

倪清嘉蓦地被击中,用冰凉的手给脸降温,嘴上说:"什么嘛……前天才见过啊。"

"那也想你了。"陈敬柔声道,"吃个饭而已,真的没关系,你不用害怕。"

倪清嘉松动了:"真的没关系吗?"

"对,不信我去问刘阿姨,你听一下,先别挂。"

陈敬走到厨房,刘丽正在切菜。

陈敬问:"阿姨,我有个同学今天晚上父母不在家,家里没人做饭,可以让她来我们家吃饭吗?"

刘丽转过头,欣然看向陈敬。

他从来没带同学来过家里,刘丽还总是担心陈敬和同学相处得不好:"当然可以,多副碗筷的事,我还愁晚上做的饭吃不完,现在好了。"

刘轩又出去搞什么假期乐队,晚饭不回来吃,刘丽煮了他的饭。

陈敬笑了笑,刘丽又说:"你让他放心来,我多炒几个菜,很快。"

陈敬嗯了一声,回到房间。

另一头的倪清嘉连大气都不敢出,陈敬叫了她一声,她才结结巴巴地说:"你……你……你……"

"嘉嘉。"陈敬给她洗脑,"朋友来家里吃饭,不都是很常见的事情吗?女朋友也是朋友,你不用那么紧张。他们人很好的,也不会说什么。你要是怕尴尬,吃完饭我就送你回去,嗯?"

陈敬见她沉默不语,又补充了一句:"宝贝……"

"啊……"倪清嘉举手投降,被陈敬半哄半骗地答应下来。

走到他家楼下,她又后悔了。

疯了,疯了,疯了,陈敬疯了,她也跟着疯了……

陈敬下来接人,看见倪清嘉的指甲都要被抠坏了,牵起她的手。

另一只手抬起她的下巴,陈敬低头亲了亲她的唇,压低声音说:"想你……"

倪清嘉的焦躁瞬间被抚平,轻声道:"真的没关系吗?要不算了吧。"

陈敬说了那句万能的话:"来都来了……"

倪清嘉:"……"

"让我吹会儿风。"她的脸太烫了。

于是下去接人的陈敬,接了整整十分钟才上楼。

"好了。"倪清嘉说,"你走前面。"

到了门口,倪清嘉抽出被陈敬牵着的手。陈敬看了她一眼,敲了敲门。

门很快被打开,来开门的刘丽和坐在桌上喝小酒的陈父看到两个人,都愣了一下。短暂得难以捕捉的一秒钟。

陈敬要带同学来家里吃饭,两个人自动带入的便是跟他玩得好的男同学,谁知道是个漂亮的女同学。

刘丽立即面带笑容:"快进来,菜等下都要凉了。"

陈敬简单地介绍:"倪清嘉,我……"顿了顿,"我的同学。"

倪清嘉乖巧地说:"叔叔阿姨好。"

刘丽热情地招呼倪清嘉,陈敬爸爸对倪清嘉点了点头。

"快坐吧,阿姨的手艺一般,你不要嫌弃。"

倪清嘉赶忙说:"不会,不会,这些菜看着就很好吃。"

她们说话的间隙,陈父和陈敬交流了一下眼神。陈敬对上他爸探究的目光,坦然得像个没事人一样。

这顿饭确实没有倪清嘉想象中那么可怕,如陈敬所说,他们都是很好的人。

陈敬他爸虽然话比较少,但她能感受到善意。尤其是陈敬长得和他爸有几分相像,倪清嘉觉得很亲切。

刘阿姨会给她夹菜,也没有问让她觉得尴尬的话,聊了几个有关学习、生活的话题。

倪清嘉甚至主动说起高中陈敬给她补课的事，把陈敬一顿夸，夸完才反应过来，好像说得太多了。

她偷偷瞄了一眼陈敬，陈敬弯着眼，用膝盖蹭了蹭她的大腿，跟撒娇似的。

倪清嘉觉得脸微微发热，埋头吃菜，好在陈敬的爸妈没再问什么。

一顿饭吃完，蹭饭的倪清嘉主动提出刷碗，刘丽自然不可能让一个客人洗碗。

倪清嘉只好再三道谢，拼命给陈敬使眼色。

陈敬领会了，说："爸，刘阿姨，我送她下去，太晚了回去不安全。"

倪清嘉如释重负般地长出一口气，又说了好几声"谢谢"，夸刘丽的菜好吃，然后挥手说"再见"。

临走前，刘丽还说欢迎她有空常来，让她尝尝自己的拿手菜。

闻言，倪清嘉咬到了舌头。

回去的路上，倪清嘉越想越觉得荒唐。不过不管了，反正她已经溜了，应该担心的人是陈敬。

倪清嘉挠挠他的掌心："陈敬，你说你爸妈看出来了吗？"

她的语气好天真,陈敬失笑。她的脸红成那样,怎么会看不出来。

陈敬随口说:"不知道。"

倪清嘉小声嘀咕着:"干吗非要让我去你家吃饭嘛。"

陈敬把她送到家门口,抱着她的腰,笑着说:"帮你提前演练一遍,总还有机会再来的。"

"唔……"倪清嘉靠在他的肩上,"今天还没说喜欢你。"

月光柔柔地落在她的发梢上,倪清嘉腻腻乎乎地蹭他的脸:"最喜欢阿敬了。"

陈敬回到家,被他爸叫进了书房。

说实话,陈敬一点儿都不害怕家人知道他谈恋爱。

他有私心。他想让倪清嘉知道,他对她有多认真。

那句"提前演练"的玩笑话,陈敬掺杂了几分真实的想法。未来的某一天,他会带着她,以更亲近的身份见他的父母。

陈敬和他爸在书房里只聊了十分钟,他爸就放他出去了。

陈父十分了解自己的儿子,陈敬做的决定,他不会干涉。

但陈父有要求,别影响他的学习,也不能影响人家女孩子的学习,剩余感情的事交由他自己处理。

陈敬点点头。

刘丽倒是很高兴,表达了对倪清嘉的喜欢,希望陈敬下次还能带她来家里吃饭,然后进屋和陈父说了些什么。

陈敬回到房间,打开手机,十几条倪清嘉发来的消息。

倪清嘉:男朋友?

倪清嘉:人呢?

倪清嘉:啊!男朋友,你不会被吊起来严刑拷打了吧?

陈敬打字:嗯,被打得可惨了,要嘉嘉亲亲才能好。

倪清嘉:……

晚归的刘轩消息滞后,第二天才从他妈口中零星地听到陈敬带人回家吃饭的事。

他摸进陈敬的房间,不怀好意地笑了:"弟,牛啊。"

想想他以前谈了个女朋友,被他爸妈耳提面命,要求他对人家姑娘好点儿,生怕他这头猪糟蹋了别人家的小白菜。

刘轩很是不服,凭什么到陈敬这儿待遇就不一样了?

不过陈敬也是真男人,说追就追,追到了就往家里带,一点儿也不含糊。刘轩问他:"是上次那个吗?"

陈敬说:"是。"

刘轩喷了两声,报了个店名:"有空带她来玩啊,这两天晚上我都在。"

陈敬:"好,我问问她。"

倪清嘉收到陈敬的邀约，很是兴奋。早听陈敬说他有个喜欢搞乐队的哥哥，倪清嘉非常好奇。

刘轩这个假期在一个音乐餐厅演出。餐厅在河边，不大，只有一个小舞台。白天会有人来这儿吃饭，到了晚上八点之后就会有歌手唱歌。

晚上来这儿的人很多，喝喝小酒，听听音乐，再看看玻璃墙外的河边的夜色，也不失为一件浪漫的事。

陈敬给倪清嘉点了杯果汁，倪清嘉想喝酒，陈敬不让。主要是因为他不知道她酒量的深浅，喝醉了回去也不好交代。

演出开始前，刘轩下来和他俩打招呼。

陈敬介绍："这是我哥。"

倪清嘉笑着说："哥哥好。"

陈敬瞥向倪清嘉，牵着她的手微微动了动。

刘轩朝陈敬挤眉弄眼，对倪清嘉说："嘿，弟妹！"

陈敬："……"

聊了几句，刘轩回台上准备去了。

陈敬凑近倪清嘉，低声说："你叫他轩哥就行了。"

倪清嘉歪头："有什么不一样吗？"

当然不一样。哥哥这个称呼，只能给他。

陈敬没接话，只是帮她把耳边的一缕头发挽到了耳后。

倪清嘉打掉他的手:"别动,这是修饰脸型用的,你懂什么。"

陈敬:"哦。"

打闹间,台上传来舒缓的音乐。

因为这家店的老板要求,刘轩他们不能唱过于躁动的歌,最近唱的都是悠扬的民谣。

主唱兼键盘手是个女生,音色偏中性,别有一般韵味。

连唱三首,乐队下台休息,陈敬收到刘轩发来的消息:给你三分钟,自己把握好。

陈敬向刘轩看去,刘轩朝他扬了扬手里的吉他。

陈敬了然,对倪清嘉说:"宝贝,等我一下。"

他起身,被倪清嘉拽住衣角。

"你干吗去啊?"

陈敬摸了摸她的头,指着台上。

倪清嘉的眼睛一亮,松开了手。

台下的人看见一个陌生的男生背着吉他上来,只以为是新来的歌手,饶有兴致地打量着他。

陈敬没在这种场合唱过歌,连报幕都不会,不过无所谓。

刘轩的吉他,陈敬弹得不称手,无所谓。

这首歌没排练过,只是恰巧刘轩给了他这么一个机会,陈敬心血来潮,也无所谓。

陈敬弹起前奏,看见台下那双崇拜的星星眼,眉眼不自觉地染上温柔。

陈敬轻轻开口:

我的宝贝,宝贝,
给你一点甜甜,
让你今夜都好眠。
…………

陈敬有一种奇特的气质,能让人的心沉静下来。他的声音没有很大,轻吟浅唱,如同近在耳边。

倪清嘉没喝酒,已经觉得自己醉了,她偷偷地给他比了个爱心的手势。陈敬看见,按错一个和弦,脸颊染上一抹酡红。

他唱完后半段,时长正好是三分钟。

陈敬把吉他还给刘轩:"谢了。"

刘轩:"小意思。"

回到倪清嘉身边,倪清嘉盯着陈敬看:"宝宝,好帅喔,迷死人了。"

陈敬的耳根染上红晕,想说点儿情话,又有点儿不好意思，和刘轩做了个离开的手势。

冬日的街道清冷寂静，陈敬把倪清嘉的手揣进自己的口袋，脚步停住。

倪清嘉："嗯？"

陈敬抬头："好像下雪了。"

倪清嘉跟着抬头："没啊……唔……"

陈敬顺势吻上了她的唇。

月色昏沉，人影相依。

炙热的吻，是他无声的情话。

Extra 02
大学时期的二三事

1

倪清嘉和陈敬所在的大学都在省城,来回需要近三个小时。

倪清嘉不是黏人的性格,虽然不能天天见到陈敬,偶尔会想他,但没有到非要坐车去见他的程度,在手机上发几条消息,那点儿思念便消解了。

陈敬和倪清嘉不一样,他的心思敏感、细腻,容易没有安全感,比起语音或视频通话,还是更喜欢面对面地交流。趁着周末的空闲时间,陈敬坐车去了 B 大。

倪清嘉收到他发来的消息,早早就在寝室里美美地打扮自己。

已经十月了，天气渐凉，倪清嘉在衣柜里挑来拣去，还是选了件薄薄的雪纺连衣裙。裙子是温柔的杏黄色，裙摆缀有流苏，长度到膝盖以上，她没穿光腿神器，露出细直的小腿。

室友赵月调侃："去约会？要风度不要温度啊。"

倪清嘉在化妆，闻言扬唇一笑："好久没见他了。"

另一个室友陈霜霜的反应慢了半拍："嘉嘉，你男朋友要来？"

倪清嘉点点头。

她住四人寝，赵月和陈霜霜和她同专业，也是本省人。她们每天同进同出，关系很好。

倪清嘉几乎每晚都会在宿舍和陈敬打电话，有时打几分钟，有时打半小时。室友们知道她有男朋友，但没见过本人，听她说陈敬要来，纷纷起了八卦之心。

赵月挤眉弄眼地问："他是哪个学校的？"

倪清嘉："A 大。"

赵月惊讶地说："A 大？你男朋友的学习成绩很好啊。"

倪清嘉："他学习很认真。"

陈霜霜感叹道："好厉害，我高中学校里考上 A 大的人也就十来个。"

倪清嘉笑笑，涂完口红，又往身上喷了点儿香水，是甜甜的水蜜桃味。

一旁的赵月搜了下 A 大的地址，没有直达的车，要转两趟地铁，来回还挺麻烦的。看着漂亮的倪清嘉，她不禁对她的男朋友更加好奇了。

"嘉嘉。"赵月嘿嘿一笑，"你这不得带我们见见你的男朋友？"

陈霜霜应和着："哈哈，我也有点儿想知道他长什么样。"

"想象不出来，你会喜欢哪一类的男生。"

"能被我们 401 舍花看上的，颜值肯定差不到哪里去。"

两个人你一言我一语地打趣，倪清嘉失笑，想了想，说："下次吧，太突然的话他可能会有点儿害羞。"

她的室友们都是直爽、外向的性格，倪清嘉有时也会被她们调侃得脸红，她怕陈敬招架不住。

"害羞？"这个词对赵月来说有点儿陌生。

"嗯，他的脸皮薄。"倪清嘉摊手，"这样吧，也不用下次，我直接给你们找张照片。"

"好啊，好啊。"

倪清嘉大大方方地打开手机，翻找相册："喏，他长这样。"

赵月和陈霜霜一起看向她的屏幕，上面是一张很像偷拍角度的照片：一个瘦高的男生侧身站在马路边，他的头发偏短，戴着眼镜，穿了一身清爽的短袖长裤，背挺得如身旁的行道树一般笔直。他的前面是斑马线与红绿灯，再远一些的天边飘着橘红色的云彩。

那是他们约会，陈敬提前到了，姗姗来迟的倪清嘉看到这一情景，觉得人和景色十分美好，躲在树后抓拍了这张照片。

赵月定睛看了好几眼："哟，怎么感觉他的气质跟我以前学校里那些学习成绩特别好的人一模一样啊！尤其是这副眼镜和这个笔直的站姿，梦回高中，我有点儿压迫感了……"

陈霜霜摸着下巴说："虽然只有侧脸，但看着是个帅哥。嘉嘉，有没有正脸的照片？"

倪清嘉正想再找几张照片，陈敬发来了一条消息，她快速打了个"好"字，和室友们说："我回来再给你们看吧，不然他要等久了。"

两个人本来约在校门口见面，陈敬找人问路，问到了女生宿舍的位置，现在人已经在她寝室楼下等着了。

倪清嘉挎上小包，对着镜子整理了一下头发便出门了。赵月和陈霜霜嘻嘻哈哈地说要去看一眼真人，也跟着下楼。

女生宿舍的大门口种着一排不同品种的绿树，其中有一棵较为繁茂，许多等女朋友的男生会不约而同地在这棵树下遮阴，这棵树因此被大家戏称为望妻树。

倪清嘉常常见到很多男生等在这棵树下，她没什么感觉，从他们身边匆匆走过。但是当她第一次看到陈敬的身影出现在树下时，她的心里忽然有了别样的感受。

她确切地知晓一件事——想见的人正在等她。她的唇角不由自主地翘起，脚步亦止不住地变得轻快起来，雀跃得想要立刻飞奔到他的怀里。

倪清嘉推门而出。

陈敬低着头，没看到她。

宿舍门口的女生进进出出，为了不挡道，倪清嘉赶忙让开位置，正准备出声喊人，陈敬有所预感地抬眸，两个人的目光隔着几米距离对上。

秋风轻轻地吹，树叶沙沙作响。这些天的想念，在这短暂的眼神交会中诉尽。

陈敬的瞳孔微微放大，在原地定了几秒，然后反应过来，向她走去。

他从树下的阴影走到阳光下，周身由暗到亮，脸上挂着温柔的笑容，脚下的影子斜长。

倪清嘉跳下台阶，直接上前给了他一个拥抱，语调俏皮地说："男朋友，搞这么帅？"

他穿着整洁的白衣黑裤，脸颊和头发洗得干干净净的，胡子也剃过了，明显特意拾掇了一下。

倪清嘉嗅到一阵淡淡的香味："你不会也喷香水了吧？"

即便学校里没有人认识他，陈敬还是不适应在女生宿舍门口亲密，但他们许久未见，他也不想推开她，抬手拘束地回抱了一下："没有，可能是洗衣粉的味道。"

"好闻，哪个牌子的？回去拍个照给我看看。"

"好。"

两个人正说着话，身后忽然传来一阵嬉笑声，倪清嘉松开陈敬的腰，转过头去。

玻璃门内，赵月和陈霜霜扒着门框偷窥他俩。她们被抓包了也不心虚，还向倪清嘉热情地挥挥手。

倪清嘉笑着朝室友们吐舌头做鬼脸，对陈敬说："那是我的舍友。"

陈敬没见过她的大学同学，问道："我要去打个招呼吗？"

"不用，下次再说，我先带你逛一逛。"倪清嘉牵起他的手，用口型对里头的两个人说"走了"。

赵月和陈霜霜用嘴型回了句"再见"，陈敬礼貌地对她们笑了一下。

这天是晴天，又是周末，校园里很热闹，随处可见结伴的人群。

倪清嘉牵着陈敬优哉游哉地溜达,一路和他闲聊,给他指自己上课的几间教室、军训的操场、常去的食堂。她说得琐碎,看到什么就和陈敬聊什么,连收寄快递的驿站也要给他介绍一遍。

陈敬没有一丝不耐烦,认真地听她说话,有时笑着接上几句。他的方向感不错,走一遍基本上能在脑海中画出一张地图,下次再来就不需要问路了。

逛了会儿 B 大的校园,两个人一起吃了饭,又去附近的商场看了场电影,这一天过得充实又快乐。

等到夜晚来临,陈敬要回 A 大了。临走前,他去甜品店买了几个千层蛋糕给倪清嘉带回去。

倪清嘉笑着问:"干吗?我又吃不了这么多。"

陈敬回道:"和你的室友分着吃。"她的朋友,他总想给她们留一个好印象。

倪清嘉挑眉,收了蛋糕:"好,好,好。"又嘱咐道,"你回去注意安全,到学校了给我发个消息。"

"嗯。"

倪清嘉的手上拎着东西,不好乱动,她微微展开手臂,眨眼暗示。

陈敬笑了一声,轻轻抱住她。

路灯闪烁,夜风吹拂,他们静静地拥抱了几秒钟,什么话都没说。

道过别后,倪清嘉回宿舍给舍友分了千层蛋糕。赵月和陈霜霜都是吃货,收了陈敬买的蛋糕,便开始为他说话。

赵月挖了一口芒果千层:"我收回白天的话,你的男朋友看着没有压迫感,太有亲和力了。"

陈霜霜赞同地说:"你的男朋友不太上镜啊,本人看着比照片帅多了。"

倪清嘉要被她俩的变脸行为笑死了,又提醒道:"给阿琪留一块吧。"

刚说完,她的另一个室友林琪回来了。

"怎么有好吃的?"

"嘉嘉的男朋友送的。"

林琪是省城本地人,今天一早便回了家,完全不知晓寝室里发生的事。赵月和陈霜霜绘声绘色地给她描述了一遍,林琪听得津津有味。

这天以后,陈敬在401宿舍莫名其妙地有了一个外号,叫作"千层"。

每次倪清嘉要和陈敬通话,室友们就会在一旁开玩笑:"又给小千层打电话啦。"

陈敬在电话那头听到零星的几个词,还以为这个叫千什么的人是他们班的同学。直到半个月后的一个周末，倪清嘉正式把他介绍给室友们，赵月说漏嘴，叫了一句，陈敬才知道这个奇怪的外号竟然说的是他自己。他对此表示无奈。

生活如流水一般照常地过。分隔两校的日子里，他们竭力维护着感情，约定一周见一次面；每天通一个哪怕只有一分钟的电话；忙完自己的事情，一定不忘回复对方的消息。因为不能时时见面，手机上的几句问候便显得格外重要。

这些要求大部分是陈敬提出来的。他始终认为，不论多么浓厚的感情都需要认真地经营。不然再相爱的人，也会由于日复一日积累的小疏忽而渐行渐远。

这是倪清嘉从前所没有意识到的事。感情于她而言就好像一袋有保质期的饼干，开袋即食，等到快要过期变质的那一天，就需要换另一袋新鲜可口的饼干。可陈敬与她迥然不同。陈敬的爱情是一块朴实耐用的布，如果出现口子便想办法缝补。一次次磨合之后，这块简单的布上，就能绣出一朵漂亮的花。

观念不同，碰撞在所难免，他们偶尔小吵小闹，但很少真的吵架。主要是倪清嘉对着陈敬吵不起来，陈敬的脾气好，只要不涉及原则问题，一些小事上他愿意多让着她一点儿。在一起的时间长了，倪清嘉慢慢在陈敬身上学到了很多。有时陈敬不哄她，她知道是自己的错，也会主动低头。

有一次，倪清嘉和朋友玩得开心了，虽然发现了手机上的消息，但她比较懒散，看过等于回过，没有理他。陈敬一整天都没收到倪清嘉的回复，大老远从学校跑过去，和她沟通，如果她有事，可以花一分钟告知他一声，他会等第二天再联系她，但不要不回消息，更不要故意冷落他，无缘无故地玩消失。

他的语气称得上平静，没有指责，眼神是认真的，额前的头发因为赶路疲惫地耷拉着。

倪清嘉恍然发觉自己似乎做得不对，因为一时任性犯懒，没有照顾到他的感受。她在这边和朋友愉快地玩乐，陈敬在那边也许一直在期盼着她的消息。倪清嘉和陈敬道歉，哄了他好久。

出现问题就积极解决，陈敬的"缝布理论"极其奏效，他们极少闹矛盾，上大学一年以来只吵过一次小架。

那是大一上学期的冬天，陈敬受了点儿寒，在早上发起高烧。以他对倪清嘉的了解，如果和她说了这件事，倪清嘉必然会跑来 A 大一趟。但那时已经临近期末，陈敬怕影响到她备考，没有告诉她。

他在学校附近的医院里输液，骗倪清嘉说自己在复习，然后迷迷糊糊地睡着了。

到了中午饭点，倪清嘉给他发消息，他没回，她又打了几个电话，无人接听。

陈敬还是头一次短暂地失联，倪清嘉感觉不对劲，继续打电话，到第四回，电话接通了。接电话的人是他的室友，她一问，他的室友全说了。

倪清嘉要了地址，直接打车过去，一路上脸色很差，载她的司机被她吓到，默默地加快了车速。

倪清嘉不喜欢这种善意的隐瞒，在医院见到戴着口罩的陈敬，她又心疼又生气，原本要说几句关心的话，却劈头盖脸地将他数落了一顿。

"你生病了为什么不告诉我？明明你自己之前说我们之间要坦诚，现在还撒谎骗我……我都要急死了。陈敬，你怎么能这样？"

周围有几个同样挂着水的病友，倪清嘉压低了音量，陈敬看着她的表情，听着她说话。他的烧已经退下去了，只是还有些咳嗽，他边咳着边低声和她道歉。

倪清嘉嘴上说得凶，但眼泪都快掉下来了，尤其看着陈敬布满红血丝的眼睛，再也说不出一句违心的重话。

她坐到陈敬身边："阿敬，你感觉怎么样？还很难受吗？实在不行和你们辅导员申请缓考吧。"

注意到她发红的眼眶，陈敬摇了摇头，小声安慰道："已经好很多了，没有很难受。"说着说着，他又咳起来。倪清嘉起身给他倒热水，不再让他说话。

不大的医院里一时安静下来。

陈敬再次入睡。倪清嘉没有离开，静静地盯着他。

过了几分钟，有人刷起短视频，声音外放，动静不小。倪清嘉皱起眉头，去和那人沟通了几句，手机的声音终于小了下去。

回座位的途中，她无意间瞥到了一抹白，定睛看去，厚厚的玻璃窗外飘起了雪，细细碎碎，跟米粒似的。

隔着窗也能听见北风呼呼的声音，那轻盈的雪花在空中盘旋打转，久久没有落地。

倪清嘉看看陈敬，又看看外面的雪，悄悄握住了陈敬的手。

他还没有醒，在睡梦中弯了弯指头，勾住了她的拇指。

等到陈敬打完点滴，倪清嘉陪他回学校。

外面的雪还在下，隐隐有变大的趋势。倪清嘉摘下脖子上的粉红色围巾，裹住陈敬下半张脸，又给他戴上自己的毛线帽。

陈敬被包裹得只露了一双眼睛,他刚醒不久,人还晕乎着,小声抗议道:"不用……"

说着要摘下围巾,倪清嘉不让,将围巾打了个结。她戴上自己羽绒服上的帽子,拉高拉链:"没事,我不冷。你还病着,等下回去又发烧就不好了。"

陈敬吸了吸鼻子,不说话,默默地把她的手揣进自己的棉服口袋。

雪渐大,地上积了浅浅一层,两个人踩出一大一小的脚印,并排着往前走。

倪清嘉要准备第二天的考试,不能待太久,送陈敬回到学校后,她也返回了学校。

紧张的期末考持续了五天,倪清嘉熬夜复习,头发掉了一把。陈敬的身体恢复如常,没有影响到考试。

两个人再见面已经是一周之后。他们一起坐车回家,在候车厅等待时,倪清嘉翻起旧账,把陈敬狠狠地批评了一通。这回她没了在医院的温柔,字字严厉,句句不满。

"最烦你这种自我感动的行为,我看你是脑子烧坏了,整这么一出。那天我都要被你气死了,再有下次你看我理不理你,让你一个人在医院里打针好了……"

倪清嘉滔滔不绝地指责着,陈敬闷头听,一句话都不敢反驳。检票的广播救了他,他主动推着两个人的行李往前走，倪清嘉得到他的口头保证后，这件事才翻篇了。

这次小小的争执没有影响到他们的关系，反而让他们学会更好地与对方相处。

倪清嘉逐渐懂得，感情不是会过期的饼干，而是一颗种子，只要用真心浇灌，便能开出散发馨香的小花。也许冬天时花朵会枯萎，但等到春天到来，它会开得比过往更加绚烂。

2

大二的某一天，倪清嘉染了一个夸张的玫瑰金粉色头发。她没通知陈敬，偷偷去他的学校找他。

入夏后，天气愈加炎热，一连半个月都是大晴天。倪清嘉穿了一件修身的短上衣、牛仔短裤，腿上戴了一条蝴蝶腿链。黑蝶银链，悬挂在雪白的大腿上，走路时便轻轻晃悠，丁零作响，仿佛蝴蝶在阳光下翩飞。

她本来就白，浅色系头发很适合她，配上一身精致的妆容和打扮，随意一站，显得整个人都在发光，太惹眼了。

周围有不少人偷偷打量着倪清嘉，有个留着锡纸烫发型的男生主动找她要联系方式，倪清嘉摆手拒绝。

她站在教学楼前的树荫下，时不时看看手机，显然是在等人。被拒绝的"锡纸烫"禁不住猜想,这个漂亮女生等的是个什么样的人。

从下课人群里走向她的,是个脸红透的男生,高瘦清秀,穿着板正的白衬衫和黑裤子,背一个双肩书包,让人有点儿意外——还以为会是个又酷又潮的人呢。

但当他们站在一起后,一切便显得合情合理。女生嫣然巧笑,叽叽喳喳地说些什么,男生则腼腆地侧头听她讲话,这样的组合竟然也十分登对,"锡纸烫"识趣地走远了。

正是吃午饭的点,下了课的学生一窝蜂地涌出,这条道路顿时人潮拥挤,黑压压的一片。陈敬牵着倪清嘉,带她抄小路走出人群。

倪清嘉捏捏他的手掌,逗他:"男朋友,惊喜吗?"

"嗯?怎么不说话啊。"

"让我缓缓……"

陈敬在下课前五分钟才收到倪清嘉的消息,事先并不知晓她的到来。他抓紧她的手,偷瞄她的侧脸。

小道上绿树成荫,有微风穿梭其间,树叶沙沙作响,从缝隙里漏下的光斑在她脸上摇曳,陈敬忽然移不开眼。

她化了妆,眼皮上是浅浅的粉,与发色相衬,如同黄昏时的云霞。离得近了,他几乎能看见她皮肤上那些极小的绒毛，可爱而细腻。

注意到陈敬久久停留的目光，倪清嘉笑着问："缓什么？"

陈敬的耳尖微泛红，放低音量，在她的耳边坦言："嘉嘉，你太好看了。"又问，"什么时候染的？"

"就是昨天，我怕过几天褪色了你就看不到了。"倪清嘉开玩笑，"以后你每次见到我，可能头发的颜色都会不一样。哎，真羡慕你，一天换一个类型的女朋友。"

陈敬配合地笑了："我也好羡慕我自己。"

倪清嘉逗他："这么漂亮的女朋友来接你下课，是不是超开心？"

"特别惊喜。"

陈敬的情绪价值给满，夸得倪清嘉身心愉悦，嘴里哼着歌。

这个学期陈敬的课多，倪清嘉相较之下没那么多课，大部分时间是她来找他。他们见面的频次逐渐降低，陈敬心疼她跑来跑去，可又不想让她少来。

往前走了几分钟，陈敬主动问："嘉嘉，中午有什么想吃的吗？"

一起吃饭算是他们上大学后最常进行的活动。倪清嘉思考着："我想想……就你上次带我吃的烤鱼吧。"她吃过一回,一直念念不忘。

那家店就在学校里,陈敬说"好",带她去食堂三楼。

三楼多为单点的炒菜和自助,价格稍贵,人少,他们不用排长队。

倪清嘉点菜,派陈敬去别的窗口买现榨的果汁解渴。这家店每道菜给的分量很足,她怕吃不完浪费,挑挑选选,点了特色烤鱼、炒时蔬和土豆片炒肉。

等到付钱,陈敬从隔壁窗口跑了回来,抢先刷上饭卡。倪清嘉没跟他客气,收回手机:"回头你去我们学校,我请你吃大餐。"

"好。"

老板出餐效率极高,他们坐下没多久菜就上齐了。

烤鱼淋过热油,散发出诱人的焦香,倪清嘉迫不及待地尝了一口,皮脆肉嫩,鲜香美味,她满足地赞叹:"好吃,老板什么时候去 B 大开个分店就好了。"

陈敬笑着把鱼肉剔了刺,夹到她的碗中。倪清嘉将鱼肉蘸了汤汁送进嘴里,不顾美女形象,吃得满嘴都是红油。

天气炎热,虽然食堂开了空调,她吃了辛辣食物后,还是汗水直流。

倪清嘉求救:"纸巾,有没有纸巾?"

陈敬翻书包拿出餐巾纸。倪清嘉抽了一张擦擦额头上的汗,再抽一张擦嘴,然后慢悠悠地喝果汁解渴。

她转着眼珠看身边的陈敬。他不挑食,吃一口肉,再吃一口菜,均衡搭配。吃相跟外表一样,也是斯斯文文的那种,夹菜时,他的短袖往上缩了一截,露出了线条流畅的手臂。

陈敬上周外出参加了一个计算机竞赛,两个人约有小半个月没见过面,不过依旧保持着每晚打电话的习惯。倪清嘉知道陈敬还是会夜跑锻炼,他的身材一直都保持着她喜欢的状态,不单薄,也不会壮得很夸张。

她手痒了,掐掐这位德智体美劳全面发展的好学生的胳膊,挺结实。

陈敬被捏得一抖,筷子上的土豆片掉了。

"怎么了?"

"没事,没事,你继续吃。"倪清嘉笑眯眯地说,"对了,我在网上给你买了件衣服,应该快到了,你过几天记得去取。"

倪清嘉热衷于捯饬自己,有时购物看到合适的也会给陈敬买,生怕他提早适应程序员身份,整天穿格子衬衫。

陈敬在衣着方面不太讲究,全靠倪清嘉给他搭配。

"好。"他享受着女朋友的偏爱,殷勤地为她剔鱼刺,"多吃鱼,等下要凉了。"

倪清嘉再次动筷。

烤鱼的味道偏辣,陈敬不是很能吃辣,鱼肉大部分进了倪清嘉的肚子。两个人饭量都不算太大,边聊边吃,最后也把桌上的食物消灭得干干净净。

倪清嘉照着小镜子补妆,陈敬问她:"嘉嘉,你下午要回去吗?"

倪清嘉:"不回。"

陈敬想了想,从口袋里摸出一把钥匙递给她:"我下午还有课,你先去我那儿,然后我下课了来找你,好不好?"

他在学校附近租了个小单间,之前她来总是需要住在宾馆,次数多了,陈敬心里莫名有些不舒服。现在,倪清嘉过来的时候他就住外面,她不在的时候他就住寝室。

倪清嘉不懂他这种别扭,但有了独属他们的小房间后的确方便许多。

她把钥匙还回去:"不要,我下午要跟你一起上课。"

看着饭后补口红的倪清嘉,陈敬有点儿心虚地摸了摸鼻子,赶紧回宿舍洗头、洗澡,换了件衣服。

带女朋友一起上课这件事,陈敬想都不敢想。他低调惯了,不像倪清嘉能从容面对别人的目光。

好在下午没有专业课,只有一节毛概课。

毛概课是公共课，几个专业的人在大教室一起上。陈敬暗想，那么多人，应该不会太过引人注意。

尽管占了靠后的位置，还是难以避免地被他的室友抓到，遭到了一番调侃。

"陈敬，哟哟哟。"

"我说你中午怎么跑得这么快……"

"见色忘友，哈哈……"

陈敬露出求饶的眼神，费了好一番功夫才把几个人打发走。

他的室友们大一就见过倪清嘉，知道陈敬有这么个漂亮的女友，一半羡慕，一半担忧。

有个室友问陈敬降得住她吗，陈敬轻描淡写地说还好。

降不降得住，无所谓，陈敬认为，契合更重要。他确认他们找不到第二个比对方更合适的了。

陈敬坐在座位上，接受着同专业同学偶尔投来的各种目光，心情很奇妙。仿佛上一秒他们还穿着校服，身处堆满书本的高中教室，下一瞬，她染着靓丽的粉色头发，陪他坐在宽敞明亮的大学课堂。

曾经只是同班同学的他们，竟然手牵手，光明正大地一起上课了。思及此，陈敬的唇角悄悄翘起了弧度。

倪清嘉坐在他旁边，拿起笔在他的书上涂涂画画。陈敬温柔地注视着她的侧脸,她大概画了幅滑稽的画,嘴角翘起,把自己逗乐了,陈敬也不自觉地笑了。

"嘉嘉。"

倪清嘉转头看他:"嗯?"

陈敬轻声问:"晚上还回学校吗?"

"你说呢。"

"住我那儿?"这一句问得更小声了。

"你说呢。"倪清嘉的声音带笑。

两个人猜谜语般你一句我一句,陈敬率先在她揶揄的笑声中落败。

上课铃响起,毛概老师拿着课本进门,他们不再说话。

老师开始讲课,倪清嘉不是个读书的料,没听多久便昏昏欲睡,尤其坐在后排,困意来得比往常更快。

陈敬专注地做笔记,写字的间隙中随手扶了下眼镜。

倪清嘉偶然一侧头看见这一画面,心思歪了,清醒几分。她捏捏他的胳膊,拿笔在纸上写:阿敬,你连毛概都听这么认真啊。

哪有,他一直在分心。

陈敬的眼皮跳了跳,抓住她的手,写道:嘉嘉,别闹。

她和他谈条件:哦,那晚上吃什么,听我的。

陈敬一顿,随口嗯了一声,继续在书上画线。

倪清嘉喷了一下,暗自吐槽,她的男朋友好淡定,这样都能写下去。

毛概是大课,要上两个多小时,中间有十分钟休息。倪清嘉一般会在这个课间溜走,可陈敬不可能逃课,她只好起身放松酸痛的屁股。

一走动,腿上的蝴蝶与白皙的肌肤贴碰,在人潮密集的教室里隐秘地飞舞着,显得美丽而妖冶。

陈敬陪她一起到走廊上透气。

倪清嘉问:"洗手间在哪儿?"

陈敬给她指了方向,准备带她去。

"我自己去吧。"倪清嘉笑着说,让男朋友陪着上厕所什么的,倒也不必。

陈敬怕她找不到路,又叮嘱一句:"往前走,就在楼梯旁边。"

"嗯。"

陈敬站在走廊上没动,等待倪清嘉回来的几分钟里,听见几句不太好的话。

"你看见了没?那个女生,好直的腿。"

"好像是那个谁的女朋友,她腿上挂的是什么?"

"像链子,感觉不太正经。"

"嘿嘿，我就喜欢不正经的。"

略带油腻的腔调，陈敬闻声看去，两个不是很熟的男同学在窃窃私语。虽没有具体指代谁，但整个教室找不出第二个戴腿链的人了。

陈敬顿时冷了脸，上去拦住那两位将要离开的男同学。

那两个人一惊，可仍然一副理直气壮的模样："干吗？让一让。"

陈敬："请你不要在背后议论我的女朋友，也请你尊重别人的穿着自由。"

"听不懂你说什么……"

同学的脸色有些尴尬，大概没料到一贯温和的陈敬会选择和他正面起冲突，还想再辩解几句，看到老师走进了教室，又把话咽下，匆匆逃课走人。

倪清嘉从走廊尽头走来，见陈敬和他的同学聊得不是很愉快，稀奇地说了句："阿敬，你现在脾气很大啊。"

陈敬没解释，牵着她回到教室，走了几步，停下脚步。

倪清嘉："怎么了？"

陈敬盯着她，柔声道："腿链，很漂亮。"

倪清嘉笑着问道："你喜欢？"

陈敬飞快地垂眸看了一眼："喜欢。"

陈敬并不会过多干涉倪清嘉的穿衣打扮，她想穿什么戴什么，在保护好自己的前提下，陈敬都能接受。

他对倪清嘉的包容度很高，她前段时间想打耳骨钉，问陈敬的看法，陈敬对她说打在耳骨上会有点儿疼，她要打的话他可以陪她去。不过倪清嘉担心夏天打耳骨钉容易发炎，这个计划暂时没有实行。

毛概课结束，陈敬回寝室收拾了下东西，倪清嘉在楼外等候。

两个人在外面吃过晚饭，沿着街道散步消食。

夜晚将近，天际只剩最后一抹橘色的夕阳，淡得像被水稀释晕染的画。待夕阳的余晖全然消失，一弯新月悄然高悬，一盏盏街灯随之亮起，安静地照亮来往的行人与车辆。

两个人漫无目的地走在人行道上，影子从长到短，从短到长。

"啊，差点儿忘了。"倪清嘉扯扯陈敬的衣袖，"我的室友让我带盒老李家的绿豆糕。"

陈敬的学校附近有一家老店，专门卖些中式糕点，其中最出名的就是绿豆糕。倪清嘉上次买了两盒回寝室，赵月和陈霜霜吃完后就爱上了。

"还有杏仁酥，多买点儿，我带回去吃。"

"好。"

这家店的生意火爆,即使是晚上,店门口依然排着长队。陈敬让倪清嘉去旁边一家奶茶店歇着,他去排队。

倪清嘉刚好觉得腿酸,毫不客气地使唤苦力工陈敬,自己则在店里吹空调喝奶茶。

她给陈敬发消息:有鸡蛋糕的话也帮我买点儿。

陈敬回复:好,鲜花饼要吗?

倪清嘉:我问问我的室友。

十几秒后,倪清嘉回复:要,少来一点儿。

陈敬:好。

陈敬任劳任怨地买糕点,没过一会儿,他为自己的体贴感到后悔。

倪清嘉只是在奶茶店坐了十分钟,先后竟然有三个男生和她搭话,也许是因为看她只买了一杯奶茶,便以为她是孤身一人。

陈敬远远地透过玻璃门看她和男生聊天,肠子都悔青了,抿了抿嘴唇,两边的嘴角垮下来。

又过几分钟,来了第四个男生。

"小姐姐,你喝的是什么奶茶?看上去很好喝。"

倪清嘉一笑,没戳破,把奶茶上的标签给那个男生看。

那个男生看了仍然不走,说:"我看你这杯快喝完了,要不我请你喝一杯?"

倪清嘉摇摇头,胡扯:"我男朋友嫌我胖,还管得严,不让我多喝奶茶。"

说曹操,曹操就到。陈敬黑着脸出现在店门口,手里提着两兜东西。

那个男生一听"男朋友"三个字,有些泄气,见身后一个提着大袋小袋的男生也想上来搭讪,主动拍拍他的肩膀,自来熟地说:"兄弟,别去了,这是个有主儿的。"

闻言,倪清嘉差点儿被奶茶呛到,故意不去看陈敬,弯着腰咳嗽,憋笑憋得肩膀一颤一颤的。

陈敬径直走上去,拍了拍她的背。

倪清嘉对着他眨眨眼,以为他要吃醋了,结果陈敬一本正经地问道:"同学,可以加你的微信吗?"

倪清嘉愣了几秒钟,故作为难:"我有男朋友的。"

一旁看戏的男生耸了耸肩,用一种"我就说了吧"的眼神看着陈敬。

陈敬面无表情地说:"没事,我也有女朋友。"

"行,那你扫吧。"倪清嘉装模作样地掏出手机。

男生看奇葩般看着他俩疑似交换了微信,还愉快地携手离开,有些怀疑人生。

刚走出店门不久,倪清嘉忍不住扑哧笑出了声。

"阿敬,你什么时候喜欢上情景扮演游戏了?还叫我'同学'……我的反应够快吧,哈哈哈……"

陈敬笑不出来,他很郁闷,女朋友太好看也是一件烦恼的事。自从上了大学,摆脱了千篇一律的校服,倪清嘉学会了化妆打扮,美得愈发张扬。她的性格外向,又爱笑,很容易让人产生好感,桃花多得有点儿离谱。

陈敬的危机意识极强,暗戳戳地打听:"你们学校里现在还有没有追你的男生?"

之所以说"还",是因为倪清嘉大一时被人表白过一次。那个男生明知她有男友还不放弃,在操场上唱歌告白,阵仗搞得挺大。倪清嘉没露面,私下联系了那个男生把事情说开。那会儿她备考,累得头昏脑涨,没第一时间和陈敬说这件事,陈敬耿耿于怀。

倪清嘉摇头笑了笑:"我又不是万人迷,迷死你一个就够了。"

她这人看着不太靠谱,但其实把异性关系划分得很清楚,尤其陈敬是个敏感爱吃醋的,她一点儿也不想惹上麻烦事,给他俩造成不愉快。

陈敬若有似无地松了一口气,把两个袋子放到一只手上提,腾出右手牵着倪清嘉。

倪清嘉不让牵,指着那两袋东西说:"要是把我的杏仁酥晃碎了,我拿你是问!"

陈敬只好一手一袋平稳地提着。

倪清嘉走在陈敬面前,笑容灿烂。

"别这么走,有石头,危险的。"

倪清嘉停住了,和陈敬面对面,双手捏着他俊朗的脸揉搓着,笑嘻嘻地问:"阿敬,刚才是吃醋了吗?"

"有一点儿。"陈敬垂着眼眸回答,脸颊被揉得红了一片。

倪清嘉伸出一根食指,在他的下巴上挠了挠:"只有一点儿吗?我以为阿敬委屈死了。"

这段感情里,陈敬常常是想得多的那个。倪清嘉摸索着相处之道,尽量让他心安。

陈敬很容易被哄好,心也变得柔软。他手里提着东西,没法牵她,只能低下头,等待她下一步动作。

倪清嘉撩了人就跑路,潇洒地往前走。

陈敬无奈,大步跟上去。

两个人消食结束,流了不少汗,回到出租屋后,一前一后洗了澡。

倪清嘉仍然没摘腿链,穿着睡衣在房间里踱来踱去。腿链叮当作响,声音清脆悦耳。链条上挂着水珠,晶莹如晨露,蝴蝶深邃、神秘,二者反差至极。

水中蝶和梦中人一样，张扬而独特。

陈敬希望她永远快乐，永远自由，永远保持这份张扬与独特。

他抚摸着那只蝴蝶，倪清嘉懒懒地笑："阿敬哥哥，这么喜欢我的腿链呀？"

"嗯。"

倪清嘉微笑着和他对视，眼神柔和而纯净。

白炽灯下，她粉色的头发被空调风吹起，飘着拂过他的肩颈。恍惚间，那浅粉色的发丝仿佛缠住了他的脖子。

陈敬的世界忽然寂静下来，只有心脏跳动的怦怦声。

相爱的世界里，分分秒秒都在心动。

这一天到最后，他竟然湿了眼睛。

她那么不讲道理地闯入他的世界，占据了他的内心，让他流过好多次眼泪。

即便如此，等待被爱的时间里，陈敬从未有一刻试图放弃她。

还好还好，尘埃落定，未来的年年岁岁、岁岁年年，陈敬都拥有她了。

以后流的眼泪，都是幸福的眼泪。

次日早晨，不到七点，倪清嘉被陈敬吵醒了。

昨晚睡得太晚，她的睡眠不足，有点儿恼火，踹了踹旁边的人："陈敬，我让你七点半喊我，请问现在是几点？"她九点五十有课，需要赶回学校。

陈敬一点儿都不困，拉着倪清嘉说话。

倪清嘉不想理他，继续睡觉。陈敬抱了她一会儿，去楼下的便利店买了牛奶和面包。

他回来时倪清嘉正在换衣服，她说："你傻呀，我们昨天买了鸡蛋糕。"

"忘了……"陈敬把牛奶递给倪清嘉，自己啃面包。

倪清嘉看了下时间："你不是八点有课吗，还不走？"

陈敬收拾好书包，静静地等她。

倪清嘉知道了他的意思："不用送我，你上课别迟到了。"

陈敬坚持。

倪清嘉也坚持："真的不用送，地铁口那么近，我自己会走。"

"大学霸，赶紧上课去吧。"倪清嘉故意怪他，"这么早叫醒我，你烦死了，赶紧去上课。"

陈敬妥协："那一起出门。"

倪清嘉连妆也没化，顺走了陈敬的鸭舌帽，扣在自己头顶上："行。"

夏日清晨的阳光温和、不刺眼，街道明亮、开阔，行道树显得朝气蓬勃。

微风轻拂中，两个人牵着手走到了分别的岔路口。

陈敬抱了抱倪清嘉。

"周末我去找你。"

"好呀。"

"到学校了给我发信息。"

"嗯。"

"路上注意安全……"

"你还让不让我走了。"

陈敬一顿，低头，脸凑到她的帽檐下，亲了亲她的嘴唇，也不管现在是在大马路上。

倪清嘉从这一吻品味出什么，嗲嗲地问："阿敬哥哥，早上是不是不舍得我走，才那么早吵醒我？"

陈敬内敛地笑了笑，不作答。

"你这个笨蛋、黏人精，我走了。"

"好。"陈敬小幅度地挥手，"我去上课了。"

"去吧。"

他们同时转身，嘴角含笑，盼着周末再见。

3

大二上学期的期末考试,倪清嘉考砸了,挂了一门课,她非常有挫败感,觉得没脸见陈敬。

陈敬在别的事情上都能顺着她,但只要涉及学习方面就格外较真,严肃起来能把她凶哭。上了大学以后,倪清嘉的学习态度变得有些散漫,陈敬提醒了她好几次,她也听不进去,这一回直接马失前蹄,遭遇滑铁卢。

每次考完试,陈敬按惯例要检查她的成绩。倪清嘉耷拉着脑袋把手机递过去,一副随时准备挨批的模样。

陈敬看一遍她的各科分数,眉头紧皱。他哪能想到,倪清嘉专业课成绩还算可以,马原竟然挂了科。

倪清嘉和他解释,她跟学长学姐们打探过消息,B大往年的马原都是开卷考试,所以她才没怎么复习。谁知道今年突然改成了闭卷,她完全没办法在几天的时间内背下那么多知识点,因此才会不及格。

"一分,就差一分。"倪清嘉痛苦地捂住眼睛,"啊!好难受,下学期还要补考,怎么会这样。"

怕被陈敬批评,她撇着嘴,深刻地检讨自己:"下次再也不耍小聪明了,我一定好好对待每一门科目。"

看着她沮丧的表情,陈敬揉了揉她的头发,没有责备她，而是说："老师有圈考试重点吗？"

倪清嘉的头埋得很低："有。"

"寒假好好复习，补考可不能再挂了。"

倪清嘉闷声道："嗯。"

听出她声音里的低落，陈敬安慰道："没关系的，一次挂科而已，不会影响什么。"

倪清嘉高兴不起来，她的男朋友从来不挂科，甚至门门都是高分，年年拿奖学金。她觉得备受打击，问："怎么别人都背得下来，我是不是太笨了？"

"这跟笨不笨没有关系，是人都有考不好的时候，我们又不是机器。"

"可是你每次都考得很好。"

陈敬想到什么，忽然弯了弯眼。他低低地说："哪有，我高中分班考试那次不就考砸了，然后就遇到了你。"

倪清嘉抬头："是哦。"

陈敬下了结论："所以说，考不好也不一定是件坏事。这次吸取教训，下次复习你就会认真一点儿了。"

"有道理。"倪清嘉开心起来，保证道，"我一定好好复习。"

一整个寒假，陈敬都在监督倪清嘉复习马原，复习得差不多了，又顺便让她把下学期要学的内容提前预习了。

倪清嘉成了图书馆自习室的常客，一有时间，陈敬就会拉着她去学习。倪清嘉想提意见，但因为挂科的事情，没有底气大声抗议，只能半撒娇半抱怨："阿敬，现在是假期啊，不是高三。"

闻声，陈敬淡淡地笑着，收拾好东西带着她去逛街、看电影，倪清嘉总算满意了。

临近过年，倪清嘉和父母回老家待了几天，没和陈敬见面。

小年夜，他们打了视频电话，在手机屏幕里放着仙女棒。除夕夜，倪清嘉还没有回来，两个人在语音通话中一起守岁。

大年初一的晚上，倪清嘉回了家，陈敬第一时间约了她出来。寒冷的冬天，两个人穿着棉袄手牵着手，漫无目的地走着。

倪清嘉和陈敬说着在老家的见闻，陈敬安静地倾听，句句有回应。

路边有不少张灯结彩的小摊，在倪清嘉滔滔不绝地说话的时候，陈敬停下买了一束玫瑰花给她。

"嗯？干吗？"倪清嘉愣住，拿着玫瑰花有些蒙。

陈敬微笑不语，看着十字路口的红灯秒数，在心里倒数：三，二，一。

绿灯亮起，车辆通行，三两个夜晚的行人也走上斑马线。

陈敬拉住倪清嘉，俯身凑近，蜻蜓点水般在她唇上落下一吻。

湿软的触感，像带露水的花瓣。他贴了几秒，飞快地离开。

陈敬一般只会在没人的情况下主动吻她，倪清嘉被他这一下亲蒙了，任他牵着自己过马路。

她舔舔嘴唇，有点儿发麻。

倪清嘉盯着前面的人比玫瑰花还红的耳朵，捏了捏他的手："阿敬，你搞什么？"

陈敬放慢脚步和她并排走，低声说："笨蛋，新年快乐！"

倪清嘉慢半拍："哦——"

两个人对视一眼，同时扬起唇角。

倪清嘉佯装生气，推他一下："你明明说我不笨的！揍你哦。"

她的嘴上很强势，最后还是被他掐着腰，在无人的小路上被吻得腿软。

月光穿过树梢，漏下歪歪斜斜的碎影。

今夜，风也温柔，人也缠绵。

新的一年，他们还是很想和对方在一起。

4

倪清嘉曾说，她好羡慕陈敬每次生日时都在放长假。不像她，生日不仅紧挨着清明，还是工作日，常常只能在晚上仓促地庆祝。

陈敬笑了笑。他其实对过生日没什么特别的感受。

小的时候父母关系不好，陈敬养成了内敛的性格，善于观察周围人的情绪，很容易看出父母是为了给他庆生而假装和睦，懂事的他也只好面带笑容，陪着他们演戏。

后来他们离婚了，他的生日便大多和他爸一起过。他爸白天外出工作，陈敬就乖乖地待在家里，等到晚上爸爸回来再简单庆个生。那时的陈敬有点儿孤僻，唯一要好的同学住得有些远，他断然不可能发出邀请，最后还是只有他和他爸两个人一起过。父子俩面面相觑，就算桌上有再丰盛的菜肴也难免显得冷清。

初二这年，家里来了刘阿姨和刘轩，热闹了一些。刘阿姨烧的菜比他爸好吃，做了整整一桌菜，还派刘轩去外面店里取早已预定的蛋糕。刘轩不大乐意，但还是穿着人字拖顶着大太阳出去了。

那年刘轩刚学吉他，强行在饭前为他唱了首活泼又尴尬的生日祝福歌。老实说，很难听，不过陈敬仍旧保持着微笑，十分捧场。

重组家庭的第一年，大家都小心翼翼地维护着感情。

后来几年渐渐熟悉了，刘轩硬要教陈敬弹吉他，要求陈敬在生日时展示他的教学成果，以证明他没有不务正业，从而博取他妈妈对吉他的好感。

陈敬被迫进行才艺表演，完成了人生第一首指弹——《爱的罗曼史》。一家人笑笑闹闹的，陈敬过了一个还算开心的生日。

到十八岁这年，陈敬经历了最心碎的一次生日。

倪清嘉和他疏远了，在夏天来临之前。

他曾经幻想在生日这天要带她去外面玩，吃各种美食，在夕阳下散步，那一定是很有纪念意义的生日。可是计划泡汤了，陈敬觉得苦闷，还不能让家里人看出来，只能憋在心里，独自消化……

大二这年，陈敬实现了高中那时的愿望。他约了倪清嘉出去旅游，过一个只有他们两个人的生日。

第一站去水上乐园，是倪清嘉挑的地方，陈敬没异议。

来这儿的人自然穿着比较清凉，陈敬在这方面较为保守，认为多看别人一眼都是对女友的不忠。倪清嘉偏随意，大大方方地看美女，至于男性，大多是大肚腩，没什么看头。偶尔碰到几个年轻健美的肉体，她只是刚瞥了几秒，脑袋就被旁边的人扳正了，也没机会细看。

玩了几个项目后，倪清嘉被"水上飞人"的项目吸引，疯狂地给陈敬眼神暗示。

这个项目需要工作人员抱着游客完成，他们借助着喷射装置的水柱飞升，在空中左右驰骋，自由盘旋。在此过程中，游客没有任何安全措施，唯一可以依靠的只有工作人员紧搂的双臂。

这里的工作人员是个花臂小哥，大概因为常年在太阳底下暴晒，他的皮肤是十分健康的古铜色，手臂肌肉明显，结实而有力。

陈敬望去时，小哥正以公主抱的姿势带一个女游客完成几个利落的旋转。他瞬间两眼一黑——这完全超过了他所能接受的范围。

陈敬转头看倪清嘉。

她的头发早从粉色褪成了金色，发根冒出许多黑色，分层明显。她嫌难看，前段时间染回了黑色，此时梳了高马尾，看上去很像高中时候的样子。

来玩水，倪清嘉理所当然穿得少：海蓝色挂脖式泳衣，同色系沙滩裙，中间露了一截莹白细腰。陈敬光是想象小哥的花臂环上她的腰，他就想要吐血。

陈敬绝不是质疑小哥的专业程度，他是纯粹小心眼。

他思索着如何委婉地开口劝阻，倪清嘉先笑了："逗你的，没想玩。"

感觉到陈敬明显松了一口气，倪清嘉又想笑，摸了摸他湿了也不肯脱的上衣，问道："你觉得我是这么没有分寸的人吗？"

她现在的动作就很……

陈敬僵硬又无奈，最后一本正经地牵着她的手，转移话题："那里好多人排队，应该挺好玩的，我们去那儿看看吧。"

倪清嘉憋着笑说："好，听你的。"

陈敬飞快地带倪清嘉远离此地。

玩到下午，"水上飞人"项目的工作人员换成了女的，陈敬主动提出让她玩，倪清嘉终于如愿体验了一把。

晚上回到酒店，陈敬收到了他爸和刘阿姨发的生日红包。他家里人早就知道他谈恋爱的事，也知道他和女朋友感情稳定，所以当他们问起和谁出去，陈敬便光明正大地说是和倪清嘉。两个人没说别的，只说让他玩得开心。

刘轩没发红包，给他发来一串八卦的表情包，陈敬看后，面无表情把他送进屏蔽列表。

倪清嘉玩了一天，十分疲惫，洗完澡换上睡衣，倒头就想睡。

脑袋刚沾上枕头，她想起一件重要的事情，又下床在包包里翻找。

陈敬坐在一旁发消息，看一眼披着头发找东西的倪清嘉，手上继续打字，嘴里嗯了一声，询问倪清嘉。

倪清嘉没应，走向他，给了他一样东西。

陈敬打字的动作顿住，垂眸，中指上多了一枚银戒。

"生日礼物。"倪清嘉笑嘻嘻地给他展示自己手指上的同款戒指，"这里刻了你的名字缩写哦。"

陈敬转了转自己手上的这枚戒指，果然也有倪清嘉的缩写。

他抬头，意味深长地看着倪清嘉。

倪清嘉："别多想，不是跟你求婚的意思！"是因为他总吃醋有人跟她搭讪，倪清嘉便想买情侣对戒，最直白地展示他俩的关系。

陈敬慢吞吞地哦了一声，放下手机，搂上她的腰。

他坐着，她站着，倪清嘉自然而然地环住他的脖子。

"今天玩得还开心吗？"

陈敬点点头。

倪清嘉俯身亲了亲他的嘴唇。

"生日快乐，阿敬。"

陈敬微笑起来，以后每年的生日，都是值得期待的一天。

陈敬的生日过完，意味着假期已经过半。体验完短暂的快乐，没过几天，倪清嘉买车票提前返校了。

她上个学期末报名考驾照，可惜她的驾驶水平不佳，科二挂了两回还没过。这次她早早回来，便是想趁着空闲时间多练练车，将科二、科三一举拿下。

暑假期间，提前住宿需要向宿管科提交申请，倪清嘉嫌麻烦，索性住进陈敬租的房子。

陈敬自然跟倪清嘉一起。他的驾照早在高中毕业后的暑假就已经拿到，提前过来纯属为了陪倪清嘉。

倪清嘉笑他黏人，陈敬并不反驳。他看过新学期的课表，每天都排得满满当当的，他们见面的次数只会越来越少。陈敬一点儿也不想浪费时间，倪清嘉去驾校练车，他就待在房间里看网课，学习专业课的内容，累了去附近的公园跑圈，学习、运动两不误。

倪清嘉没他那么轻松，她考驾照的压力大极了。倪清嘉记性不如陈敬好，教练的话总是左耳进右耳出的，还时常粗心大意，而开车这件事容不得一点儿差错，倪清嘉生怕自己一不小心弄个和教练一车两命的悲惨结局。

尤其是她一个假期没碰车，完全把教练教的知识还了回去，离合与油门都快分不清，又要从头学起，她甚至感觉比当年高考还累。

练了一下午，倪清嘉感觉腿快废了。她是最后一个离开驾校的学员，教练和她同路，便顺带捎了她一段。

教倪清嘉的是个女教练，约莫四十岁，平时说话的声音很大，但人还不错。

倪清嘉的上一个教练喜欢对女学员动手动脚，借着指导转方向盘的名义明目张胆地摸女生的手。倪清嘉遭遇了一回，立刻翻了脸，联合一众受害者向驾校进行举报，才换了现在的教练。

陈敬后来才知道这件事，那段时间他在准备参加一个比赛，倪清嘉就没去打扰他。陈敬又生气又自责，倪清嘉说她才不会让别人占便宜呢。陈敬感觉自己作为她的男友，她被欺负了竟然都毫不知情，很内疚。倪清嘉笑着说那你在别的地方补偿我吧。因而，陈敬这回便自觉跟来了。

"我看你学得差不多了，可以准备预约考试。"

教练的声音打断了倪清嘉的思绪，她啊了一声。毕竟有两次失败的经历,倪清嘉如今对科二考试充满恐惧。

"教练,不能吧……"

"怕什么怕。"教练扭头看了她一眼,"你下午就练得挺好的,把我跟你说的点都记住,回去在脑子里再过一遍,今天预约考试,这不还有几天练习的时间吗?"

"哦……"倪清嘉硬着头皮应下了,打开手机里预约考试的应用软件,心里默念着:希望下一场考试的时间最好不要太近。

教练见她的情绪低落,又说了几句打气的话,然后指了指前方:"小倪,那是你的男朋友吗?"

驾校在两所学校中间,陈敬骑小电驴去接过倪清嘉几次,教练便对他很眼熟。今天倪清嘉有人送,她就没让陈敬来接她。

她顺着教练指的方向看去,不远处的路边站了个人,他逆着光,身上的白衣被夕阳染成橘黄色,黑发也泛着暖意,整个人周围像镀了一层柔光。

倪清嘉和陈敬对视着,忙说:"是他。"

教练将车停稳,倪清嘉下了车。

陈敬弯腰笑着和教练道谢,举止很有礼貌。教练看着这对养眼的小情侣,素来严肃的人脸上的神情柔和了几分,叮嘱倪清嘉:"记得预约考试。"

"知道了……"倪清嘉刚扬起的唇角立刻撇下来,和教练道别,"您慢点儿开。"

教练摆摆手,开着车扬长而去。

陈敬注意到倪清嘉苦兮兮的表情,牵起她的手,捏了捏她的掌心:"不用有这么大的压力。"

他这么一说,倪清嘉顺势揉了揉眼睛,在男朋友面前假哭:"人为什么要考驾照?我明明可以一辈子不开车。"

倪清嘉是被父母要求的,他们说大学不考证,以后就没时间了。

陈敬被她的话逗笑了,转移话题说:"晚上想吃什么?"

"不知道,反正你来做,你刷碗。"

他们买了口小锅,平常会自己买菜做饭,而且分工明确。一个人做饭,另一个人便负责洗碗。倪清嘉现在满脑子都是考试要点,什么也不想干。

陈敬无奈地提醒:"今天是七夕。"

他想问的是,她想吃哪家店……

"七夕?"倪清嘉愣了愣。

她这人看起来麻烦,谈起恋爱还挺随意的。尤其在过节这块,她明确地和陈敬说过自己大概只会记得生日和过年这种大日子,其他特殊节日过不过都无所谓,而且他们也不是每个节日都能见面。

虽然她这么说，陈敬还是按着自己的心意做，大节日送送礼物，小节日便打个电话道句祝福。

好不容易有个在一起的七夕，陈敬想让倪清嘉开心点儿。

"吃巷口那家店好不好？"他记得倪清嘉上次说好吃来着。

注视着街道上一些温馨的装点，又看看男朋友亮亮的眼睛，倪清嘉不好扫兴，笑了笑说："好。"

有美食和温柔的男友来治愈她，考前的压力逐渐减小，倪清嘉的心情好了不少。

饱餐一顿后，两个人沿着街道散步。街上有不少卖花的小贩，他们的摊位用各种彩灯丝带装饰着，十分漂亮。

倪清嘉忽然觉得这样的摊位看起来很眼熟，想了片刻，她想起来了，过年的时候，他们在路边散步，也遇到了类似的小摊。那天陈敬在回家的路上送了她一束玫瑰花，在红绿灯倒数后偷偷亲她。那是她收到过的最难忘的新年礼物。

思及此，倪清嘉一下笑了出来。

陈敬瞥她一眼："嗯？"

倪清嘉晃着他的胳膊："想起一些之前的事。"

陈敬会意，牵着她去买花，依旧是她喜欢的红玫瑰。

倪清嘉还买了个花瓶，准备拿回去摆在窗台边。她让陈敬拎着，自己只拿花，然后转头说："还差一样。"

　　陈敬的脑袋白了两秒钟，继而回想起来，笑着亲了亲倪清嘉的脸颊。

　　周围的人太多了，他不太好意思吻她的嘴唇。

　　倪清嘉莞尔一笑："记得补上。"

　　回到出租房，倪清嘉摆弄好花，去洗澡，然后回来补上那个吻。

　　陈敬洗过脸刷过牙，整个人都干干净净、湿漉漉的。倪清嘉从他嘴里尝到和自己一样的草本牙膏味。

　　两个人越吻越不对劲。

　　"干吗？"

　　"帮你解压……"

　　不得不说，陈敬为她解压的方式，真的很有用。

　　她揉着陈敬粉红色的耳朵，喃喃道："好爱你哦。"

　　陈敬笑着抱住她，两个人相拥而眠。

　　黑夜里，窗台边，玫瑰静静地盛放。又是好梦的一天。

Extra 03
结婚

倪清嘉的父母和陈敬的父母很早就正式见过面。

两家人住得近，只隔了一条街，平时逛超市经常会遇见，互相笑眯眯地打个招呼，礼貌地说一说近况。次数一多，两家人便慢慢熟悉了。俩孩子没回来时，两家父母便会像朋友一样约着吃饭。

最近饭桌上的话题常常围绕着陈敬和倪清嘉的婚事。两个人的感情一直很好，工作稳定，也到了适婚年龄，双方父母认为他们怎么都该把终身大事彻底定下来了。

每次收到长辈们催婚的消息，倪清嘉都会含糊地应付过去。薛淼淼问了她好几次："你俩怎么还没结婚？我还等着喝喜酒，给你当伴娘呢。"她总是回答"不急不急"。

倒不是倪清嘉不想结婚，刚大学毕业那几年她觉得自己还小，经济也才独立，心理没有成熟到能承担婚姻的责任。何况那时候陈敬在读研，他们各自忙碌着，真正在一起的时间并不多。

后来生活渐渐步入正轨，陈敬委婉地提过一次。他不是那种会突然在公共场合手捧玫瑰花下跪求婚的人。陈敬在心里憋了很久，背着倪清嘉偷偷摸摸去商场挑了戒指。等到周末，他做了一顿大餐，在饭桌上以商量的语气和倪清嘉提了这事。

可是好巧不巧，倪清嘉那阵子看了几条新婚夫妻闹离婚的新闻，对结婚产生了一些抵触情绪，还是想保持现状，没有同意。陈敬便没再提，若无其事地藏好戒指，郁闷地在书房思考了一下午，打算多给她一些时间。

如此一来，这件事就耽搁了下来。

倪清嘉真正产生和陈敬结婚的念头，是在一个非常普通的早晨。

那天陈敬在外地出差，倪清嘉独自睡在空荡荡的房间里。到了半夜不知几点钟，她迷迷糊糊地感觉到有个人轻轻地把她抱进了怀里。那人身上有点儿湿，散着沐浴露清新的香味。气息令人熟悉，她嗅出那人是陈敬，安心地继续睡了。

倪清嘉以为是自己梦到了陈敬，谁知道第二天清早被尿憋醒，不得不起床的时候，真的看到了陈敬。

她从厕所出来，觉得口干，打开房门去厨房找水喝。

陈敬穿着睡衣在煮东西，听见脚步声，转过头来。

他身后是窗户，有几缕柔和的晨光斜照进来，安静地落在他的身上，将他的侧影衬得温柔又俊朗。

倪清嘉揉了揉眼睛，意外地说："阿敬？你不是明天才回来吗？"

陈敬笑着回答："提早结束了。"

"哦……"倪清嘉点点头，含糊地应了一声，东张西望。

陈敬问："找什么？"

"水。"

陈敬从水壶里倒了一杯水。

倪清嘉还在迷糊中，喝了几口水，转身回到房间，再次钻入被窝。

陈敬在厨房那头喊："喝点儿粥再睡。"

倪清嘉没应，翻了个身，懒得再动。

这天是周日，倪清嘉不用上班。所有休息的日子在她看来都应该用来睡懒觉，早餐就变得可有可无。

陈敬不一样，他自律得像个老干部，哪怕休年假也雷打不动地早起，要么跑步，要么看书，早餐也是每天必吃。

倪清嘉上大学那会儿为了瘦身，省去了早餐，结果不幸得了胃病。虽然现在已经好多了，但胃病难以根治，偶尔不小心还是会复发。陈敬和她同居后便把她的一日三餐看得严格，尤其是早餐，忙的时候他会去外面买，空闲了就自己做，总之绝不让倪清嘉瞎糊弄。

"嘉嘉。"

在床上躺了没多久，耳边传来陈敬的声音："给你放在床头了，再眯几分钟记得起来吃。"

他不会强行拉她起来，仅仅隔着被子拍拍她，用这种轻轻柔柔的语气和她说话。

这怎么睡，根本没法睡。她太吃这套了。

倪清嘉把头钻出被子，陈敬已经不在卧室。空气中弥漫着谷物的香气，她深深地吸了一口气，嗅到淡淡的米香，还有红枣的甜香。

她往床头瞥了眼，是她爱喝的红枣小米粥。她老老实实地爬起来洗漱，端起碗慢吞吞地喝粥。

陈敬煮粥的火候把握得很好，红枣贴心地去了核，小米熬得软糯绵密，不稀不稠，不会过于软烂，是倪清嘉喜欢的熟度。

入口之后，齿间醇香四溢，她的胃逐渐变得暖和舒适。

吃饱喝足，倪清嘉看了下时间，才七点多，于是准备继续补觉,但洗漱、吃饭后重新入睡很难,她怎么也睡不着,抓了抓头发又坐起来发呆,思绪乱飘。

陈敬这人最不嫌麻烦,只是为了早点儿回家,就能连夜赶车。她睡觉轻,也不知道他是怎么做到从进门到洗澡都没把她吵醒的。

算起来,他们已经在一起八年多了。褪去校园热恋的激情,回归柴米油盐的平淡,倪清嘉依旧觉得和陈敬在一起很舒心。七年之痒在他们之间仿佛不存在,她看到他站在厨房煮米粥的身影,就像看到他当初站在黑板前解题时一样心动。

倪清嘉感到不可思议,自己这么一个三分钟热度的人,竟然和同一个人在一起八年多,简直难以想象。不过那个人是陈敬,这一切又变得十分合情合理。

她伸了个懒腰,享受这闲适的初春的早晨。一旁的窗帘开了一道缝,朦朦胧胧的日光透进来,照在床边的瓷砖上,像澄净的湖水静静地流淌。她的心也平静了下来。

倪清嘉托着腮,又想到去年过年妈妈问她"什么时候和小敬把日子定下来",那时候她没想得这么具体,还属于有些抗拒的状态。莫名地,在这个平常的早晨,因为一碗小米粥,倪清嘉忽然很想与陈敬有再进一步的关系。他用他的温柔和充满爱意的行动打消了她的顾虑,那些奇怪的新闻并不会是他们的未来。

房间里很安静,充斥着淡淡的甜香,叫人犯懒。倪清嘉打了个哈欠,钻回被窝。床头的碗已经空了,她的指尖还留着余温,胃里也仍然暖热。

过了几分钟,陈敬进来检查,满意地收碗,正准备离开,手被倪清嘉拉住了。

"等下收嘛。"她拍拍身边的位置,"陪我躺一会儿。"

陈敬躺下,理了理她凌乱的长发。

"糖会不会放太多?"他问的是小米粥。

"刚刚好。"

"那就好,差点儿我就手抖了。"他弯着眼,"锅里还有两个水煮蛋,你现在吃吗?"

"还饱着呢,等会儿。"

陈敬点点头,又问:"中午有什么想吃的?"

倪清嘉想了想:"出去吃吧。"

"好。"

"你再睡会儿,昨天是不是很晚才回来?"

陈敬答非所问:"吵醒你了?"

倪清嘉摇摇头。

两个人靠着床头,小声地说着话。倪清嘉把脑袋靠向陈敬肩膀,聊着聊着,毫无预兆地挑起另一个话题:"哎,阿敬，我们找个时间去把证领了吧，省得我妈老问我。"

陈敬愣了一下，没反应过来："怎么突然……"

"刚才想到了这件事。"

"因为阿姨催你？"

"不是，跟她没有关系，就是想和你结婚了。"倪清嘉侧过头问他，"你觉得怎么样？"

她的语气像在问他要不要下楼买菜那般自然，陈敬跟不上她脑中跳跃的节奏，陷入思考，迟迟没有回话。倪清嘉佯装生气，捏了一下他的胳膊："怎么，你不愿意？"

"我没……"陈敬停顿了一下，组织语言，"只是在想，现在就做决定，会不会有点儿……草率？"

"草率吗？"倪清嘉把他的脑袋扳过来，直视着他的眼睛，"我是认真的。"

她漆黑的瞳孔中映着他浅浅的身影。陈敬盯着看了一会儿，身子又坐正了一些。

倪清嘉一向如此，想到什么就做什么。他不同，他习惯深思熟虑。

陈敬低头瞟了倪清嘉一眼，努力消化着她的话，脑中闪过许许多多的画面，有关过去，有关未来，画面模糊而零碎，像一团缭绕的雾。因为她的话，迷雾被拨开，那些碎片一块块拼凑起来，过去与未来融在一起，统统化为了完整、圆满的现在。

草率吗？

不。

很早以前他就做好了准备。

陈敬的心忽然安定下来。他有一种预感，当下做出的任何决定，都是命运正确的安排。

想了许久，陈敬终于闷闷地开口："这话不应该由我来说吗？"

"你还跟我分什么你我啊。"倪清嘉笑了一声，郑重地问了第二遍，"阿敬，我们结婚好不好？"

凝视着她的笑脸，听她说着动人的话，陈敬的左胸口徐徐热了起来。

陈敬侧卧着，透过窗帘的缝隙，看到外面阳光明媚。又是风和日丽的一天。他低下头，掩住自己微微发红的眼眶，颤抖着声音回答："好……"

倪清嘉抬起他的脑袋，并不笑话他湿润的双眸，在他的脸颊上印了一吻，柔声道："盖好章了，你不能反悔了。"

陈敬说话带着鼻音："不反悔。"他想起什么，爬起来翻床头柜。

"找什么东西？"倪清嘉疑惑地问道。

陈敬没回答，长臂一伸，从柜子底层掏出一个四四方方的小盒子,打开,是一枚崭新的钻戒。款式简约精致,钻石晶莹剔透,不会太过夸张花哨,是按照她的眼光挑选的。

倪清嘉挑眉:"什么时候买的?藏这么深。"

陈敬慢吞吞地说:"就是上次你拒绝我之前……"

他的语气透着可怜,想到他那天躲在书房"自闭"了一下午,倪清嘉忍不住摸摸他的头发,主动伸出手:"阿敬,帮我戴上。"

陈敬笑了,在床边矮下身,非常老实的双膝跪地的姿势。

他穿着睡衣,头发有些乱,眼角还湿着,跟平时清俊的模样比起来,显得有些狼狈。但倪清嘉觉得此刻的他有种难以言说的可爱,眼含笑意地静静地等待着。

陈敬牵起她的手,拨下她手指上那枚戴了多年的素圈银戒,然后拿起自己买的钻戒,慎重地给她戴上。

白皙而修长的手指上,戒指如星星般熠熠生辉。

陈敬用唇轻轻贴了下她的手背,没有言语。

倪清嘉倾身抱住他,笑着说:"戒指好漂亮,阿敬,我很喜欢。"

陈敬更紧地回抱她。

料峭的寒冬已过,屋外春光正好。

没有夸张的求婚仪式,也没有见证人,这件重要的事就这么简单地被两个人定下来。

倪清嘉告诉她妈妈后,她妈妈乐开了花,说要和刘阿姨一起去选个好日子。

倪清嘉不看重这个,和陈敬回去取了户口本,也没挑时间,就在两个人都有空的时候,无比高效地去民政局领了证。

领证的人不多,他们没有排很久的队,一切顺利得出乎意料,连照片都拍得令挑剔的倪清嘉格外满意。

红色的小本本上,陈敬的嘴角微微弯起,笑容一如既往地含蓄,所有喜悦都藏在眼眸中。而他身边的倪清嘉笑靥如花,神色灵动,美得张扬。

倪清嘉拍了张照片发朋友圈,收到一众好友的祝福。

薛淼淼:终于!可以喝喜酒了,呜呜呜……

赵月:嘉嘉,你真是一点儿消息都不透露……不管,我要当伴娘!

陈霜霜:新婚快乐!我也要!

林琪:新婚快乐!什么时候办婚礼啊?我明年才回国,赶得上吗?

倪清嘉逐条回复。

一旁的陈敬反复翻看证件,心里有种不真实感。距离上回倪清嘉和他提这件事才过去不到半个月，他们就真的领证了。

"陈敬，"倪清嘉叫他，"注意下表情管理，你笑得好傻。"

陈敬控制不住脸上的表情，拉拉倪清嘉的手臂，说："再给我看一眼。"

倪清嘉从包里拿出小红本，递给他。陈敬认真地研读，读着读着，目光徐徐转向身边的人。

此时吹来了一阵轻柔的风，她细细的发丝在风中飘起，一下一下掠过他的胳膊。陈敬悄悄靠近半步。

倪清嘉还在打字回复朋友圈的留言，没防备，脸颊忽然被柔软的东西触碰了一下。

倪清嘉愣了几秒，嘴角漾出笑意。她没再回复消息，牵着他的手，问道："这么开心？"

陈敬不语，眼底的笑意快要溢出来了。

倪清嘉被他传染了，也情不自禁地弯起眼眸，轻快地说："刘阿姨让我们下个周末回去吃饭，你有空吗？"

"有。"

"那我回她了。"

"嗯。"

"结婚证看完了吗？看完了我收回包里。"

"再看一会儿。"

"行，行，行，包给你背，你来保管……"她装作不耐烦地推搡他几下，两个人打打闹闹着，交谈声渐远。

长街尽头，霞光漫天，有两朵淡粉色的云越靠越近。

过了一阵子，两家人一块儿聚了聚，经过一番讨论，最终把婚宴定在九月三十日。

婚礼的具体筹备工作主要由陈敬负责，倪清嘉会提一些妆造和现场布置的建议。除此之外，她还有一个要求，婚礼去繁从简，不要弄得太复杂。

前年她去给大学室友林琪当伴娘，因为那些烦琐的流程，忙得连热菜都没吃上几口，脚后跟还磨出了两个水泡。倪清嘉深刻吸取教训，不想结个婚把自己累得半死。陈敬听她这么说，当然没有意见。

到了七月份，趁着高中放暑假，倪清嘉和陈敬准备回母校拍一组婚纱照。

他们提前联系了高中时的班主任，希望能得到教室的使用权。意外的是班主任竟然还记得他俩，在电话里侃侃聊起从前，说陈敬那时特别令人放心，倪清嘉的成绩则让他发愁，没想到一晃眼，他们要结婚了。倪清嘉嘻嘻一笑，问起老师的近况，又说起要用教室的事，老师满口答应，让他们放心用。

和保安沟通过后,他们一行人进入校园。

学校的变化很大,操场扩建了,教学楼翻新过,绿化也比从前好不少。他们原先待的高二（7）班如今变成了高一（3）班,课桌椅换了,投影设备崭新又高级,最让倪清嘉羡慕的是,一间教室里竟然一前一后装了两台空调。她感慨万分,果然"毕业后母校就会装修"这句话没骗人。

现在是暑假,这栋教学楼很安静,除了他们以外便没有别人。对面的高三楼里的学生还在上课,依稀能看见教室里奋笔疾书的学生。

他们开始拍照,倪清嘉坐在窗边向对面的楼望去,模拟以前上课走神的场景。她扎着高马尾,穿着蓝白色的校服,脸上只化了淡妆。陈敬坐在最后一排,身上是相同的校服,目光落在前面的倪清嘉身上。

她看窗外,他看她。

"对,就这个眼神,新郎的表情很好。"摄像小哥按下快门,"我们再来几张。"

"新娘的头再歪一点儿,新郎继续保持,非常好……"小哥查看照片,夸奖道,"不错,我们换个动作。"

小哥刚一说完,倪清嘉就转过头去——她实在好奇陈敬现在脸上是什么表情。

一回头,她便见到陈敬弯着唇看着她。他穿着整洁的高中校服,依旧是一本正经扣满纽扣的穿法,头发剪得利落干净,鼻梁上架着一副黑框眼镜,眼里有难抑的水光。

此时,下课铃响了,对面的楼里逐渐热闹起来,交谈声与脚步声交织起伏。

夏风从走廊轻轻吹进教室,绿树上的蝉不停地鸣叫。瞬息间,倪清嘉仿佛穿越回那个吵闹的课间,拥挤的座位前,他一丝不苟地给她讲题。她看到了十七岁的他,十七岁的自己。

她的鼻子突然发酸,不知不觉竟然已经过去这么多年。教室的陈设变了,窗外的景色变了,他们一如从前。

那时候她总是分心,不好好学习,时常听不懂他讲的题,还有厌学情绪,对他的态度很不好。但他不厌其烦,一遍遍地纠错、鼓励,陪她进步。那些难解的题,痛苦的晚自习,一起流汗的夏天,现在回想起来,她居然还有点儿怀念。

"咱们到讲台上来拍几张吧,现在光线正好。"

摄像小哥的声音拉回倪清嘉的思绪,她轻轻吐出一口气,展颜道:"好啊。"

拍完几组校服照,两个人分别换上婚纱与西装。化妆师给倪清嘉补妆，改发型。

　　陈敬去了洗手间，摄像小哥在外头抽烟，教室里只剩倪清嘉和化妆师。

　　化妆师是个年轻的短发女生，比倪清嘉小三岁，大家都叫她小梦。小梦帮倪清嘉编头发，自来熟地和她闲聊："清嘉姐，你们在一起很久了吧？"

　　倪清嘉笑笑，点头。

　　"真好，能从大学到结婚太难得了。"小梦颇为感慨，"上学的时候多单纯多好骗啊，但出社会基本全变了样。"

　　倪清嘉赞同，他的确很好骗。

　　小梦八卦地问："你们谁先主动认识对方的？"

　　倪清嘉爽快地答："我。"

　　"看不太出来。"小梦打趣道。

　　倪清嘉莞尔一笑，开玩笑说："要等他主动，那可能要等到世界末日。"

　　小梦来了听故事的兴趣："嗯？怎么说？"

　　倪清嘉："他上学的时候性格内敛，话特别少，我就老爱逗他玩，逗着逗着，就慢慢熟了。结果后来我才知道，他其实一直暗恋我。但他那一天蹦不出几个字的样子，我根本看不出来啊。"

　　小梦大笑："陈哥还怪闷骚的。"

倪清嘉也笑起来："他以前是真的闷，现在好很多。"

话匣子打开，她又多说了几句："我这人心比较浮躁，只管自己开心的那种。他刚好和我相反，虽然闷，但对待事情非常认真。如果没有他的坚持，也许就没有现在的我们，更不可能有回学校拍照的机会了。"

话音刚落的瞬间，陈敬从走廊尽头缓步走来。

他穿着笔挺的西装，眉目英俊，身形挺拔。这一身正装原本与校园风景不合，偏偏他身上有股温文尔雅的书生气，画面便显得融洽、养眼。

倪清嘉支着下巴欣赏帅哥，听到小梦乐呵呵地说："不管怎样，能走到结婚都很不容易。清嘉姐，我提前祝你新婚快乐！和陈哥百年好合！"

倪清嘉粲然一笑，她真诚地感谢小梦的祝福，也感谢陈敬的执着。

刚到的陈敬没听到两个人的对话，好奇地问："在聊什么，这么开心？"

倪清嘉眨眨眼："聊你是怎么苦苦暗恋我的。"

陈敬不好意思地摸了摸鼻子，倪清嘉和小梦都笑起来。笑声在夏日的风中散开，传到摇曳的绿树间和晴朗的天边。

窗外的摄像小哥捕捉到这幕，按下快门，将这一美好瞬间定格成相片，订成厚厚的纪念册。

入秋后，天气愈发凉爽，离举办婚礼的日子越来越近了。

刘轩得知陈敬即将结婚，特意提早推了那天的商演，准备带着乐队的人过来，说要免费给陈敬表演。

刘轩大学毕业后一直在玩乐队，刘丽不大支持，母子关系一度很僵，陈敬在家里没少帮他说话。

这几年，刘轩还真玩出了点儿名堂，现在的他在圈子里已小有名气，刘丽的态度逐渐好转，只是他的人生大事始终没有解决，让刘丽很是操心。陈敬要结婚，刘轩由衷地感到高兴，起码能让刘丽转移点儿注意力，不会老念叨他的事。

刘轩提前打了个电话给陈敬，嘴欠地说："敬啊，咱亲兄弟，份子钱就算了，我和我乐队给你表演一个。"

听他说要表演，陈敬觉得太阳穴突突直跳。

刘轩组的是支极小众的重金属乐队，陈敬去过一次表演现场，风格硬核又猛烈，回来后晚上睡觉觉得头皮都是麻的。

陈敬无奈地回答："哥，你就别闹我了，你们吃好喝好就行。"他怕刘轩没表演完，酒席上的客人先跑了一半。

刘轩在电话那头哈哈大笑："我可是为了你专程回来的，你知道我现在出场费多少吗？免费给你演你还不乐意，别不识好歹。"

"就算我同意，妈看到也不会同意。"

"少拿妈压我。"

陈敬面无表情："要不你还是去商演吧。"

刘轩气愤地哼了一声："我还偏去你那儿不可了！"

到了九月二十九日这天，刘轩和他的乐队成员真的过来了，早早就把乐器带到酒店，匆忙彩排了一遍。

陈敬不放心，偷偷溜去听，刘轩唱的分明是《今天你要嫁给我》。

活泼的旋律用他沙哑的嗓子唱出来，违和感十足。他还篡改歌词，唱成"明天她要嫁给他"。

陈敬听了忍俊不禁："还以为你要来砸场子。"

刘轩乐了："我是那种人吗？"

他给陈敬介绍乐队成员，拍拍陈敬的肩，冲他咧嘴："别紧张，明天加油啊。"

陈敬点点头。

九月三十日这天是个艳阳天。

倪清嘉要和陈敬结婚了。她早早起床梳妆打扮，和伴娘们一起等待他的到来。

薛淼淼最终没当成倪清嘉的伴娘,她比倪清嘉早一年结婚,按本地习俗,通常会找未婚女性做伴娘,倪清嘉便请了她大学室友赵月和陈霜霜以及两个表妹当伴娘。

接亲环节设计得简单,大家都是年轻人,不喜欢过分的婚闹,伴娘堵门出的全是益智类题和搞怪题。陈敬和伴郎团的红包给得大方,很快被放行。

木门吱呀一声打开,倪清嘉看到身着黑色西装的陈敬走进来,心脏扑通扑通地狂跳。她给他比了一个小小的爱心手势,用口型说"好帅"。陈敬想回应,伴娘团拥上来,说要以游戏考验新郎和伴郎。

戴鹿角套圈,指压板上跳绳,背圆周率,稀奇古怪的游戏层出不穷,氛围轻松愉快。最后一项,陈敬被赵月要求用脸顶破保鲜膜。他摘了眼镜,五官乱飞,使出浑身解数,现场一片欢声笑语。倪清嘉手里拿着他的眼镜,笑得最大声。

两个人的家离得太近,陈敬又被要求不准坐接亲的婚车,要背着新娘子走回去。

倪清嘉拉了拉陈敬,问:"你可以吗?"

陈敬微笑着回答:"当然。"

他稳稳地背起倪清嘉,走上人来人往的街道。

四季常青的行道树上,鸟儿叽叽喳喳,似乎在演奏乐曲。

太阳透过薄云,为他们的前方铺了一层浅金色的光。陈敬背着倪清嘉走上这条笔直、宽阔的道路,脚步坚定又沉稳。

倪清嘉帮陈敬整理刚才做游戏时弄乱的发型,她的白纱蹭过他的鼻子,他泛起痒,打了个喷嚏。

倪清嘉颠簸了一下,赶紧搂住他的脖子:"干吗,干吗,别把我摔了。"

"不会。"陈敬肯定地回答,脸上带着控制不住的笑意。

后背上美丽的新娘,是沉甸甸的责任,是他的整个青春,更是他一生的惦念。

这天是休息日,路边闲逛的行人不少,来来往往,络绎不绝。他们没见过这种特殊的接亲方式,都向陈敬和倪清嘉投来目光。

伴郎伴娘们嘻嘻哈哈地给路人发喜糖,分享他们的幸福,然后给陈敬拍照,说要发朋友圈,笑声传遍了一整条街。

陈敬这辈子从没这么高调过,脚步渐渐加快,背着倪清嘉小跑了起来。

迎亲结束后,一行人赶去办婚礼的酒店。

倪清嘉换上一件露肩大裙摆婚纱,重新盘了头发,由化妆师补妆。

化妆室里,倪清嘉妈妈注视着盛装打扮的女儿,又是哭又是笑。

倪清嘉调皮地问:"我不好看吗?妈,你这是什么表情?"

"好看,我的女儿最好看了。"倪清嘉的妈妈笑了,握着倪清嘉的手,眼含泪光说道,"嘉嘉,你和小敬要好好的。你过得好,我和你爸就放心了。"

闻言,倪清嘉蓦地鼻子一酸。

从小到大,她没少让他们操心。别人家孩子能考高分,给父母长脸,而她只会闯祸,考平平无奇的分数,从来没有让他们骄傲过。

可他们还是很爱她,毫无保留地对她好,没有对她提过严苛的要求,唯一的愿望就是希望她过得开心。

倪清嘉觉得自己好幸运,能成为他们的女儿。她看着妈妈头顶的白发,轻轻抱住了她,哽咽着嗯了一声。

千言万语诉不尽,只好无言地化作一个拥抱。

等到上台,两个人已经恢复平静。

浪漫的音乐响起,在亲戚、朋友们的注视中,倪清嘉身穿洁白的婚纱,挽着爸爸的胳膊缓缓走向陈敬。

四周暗下来,唯有一束明亮的灯光照着这场婚礼的主角。

司仪念着开场白,用言语诉说他们一路的爱情,中学相识,大学相恋,工作相伴,踏踏实实,平平淡淡。

从前,倪清嘉向往爱情,但并不向往婚姻,是陈敬让她有了结婚的冲动。看到视线尽头的他紧张地捧着花束,她的眼眶一下子热了。

动人的音乐旋律到了高潮,倪清嘉恰好走到了陈敬身边。司仪请她爸爸先下台,两个人面对面站着。倪清嘉盯着陈敬起雾的眼睛,嫣然含笑道:"阿敬,你又想要哭吗?"

"没有。"

他们没拿话筒,趁着司仪说话,在台上光明正大地讲悄悄话。

"想哭也没关系,我又不会笑你。"

"我没有想哭。"

陈敬绝不承认,垂眸,以长长的睫毛作掩饰。

等到司仪宣读婚礼誓词,问出那句"你愿意吗",倪清嘉分明从陈敬的回答里听出了哽咽的哭腔。

她抬手抹了抹他眼角的泪光,笑着回应道:"我愿意。"

虽然只有短短的三个字,可为了这一刻,倪清嘉和陈敬已经走过了数年。从校服到婚纱,从书声琅琅的教学楼到热闹温馨的婚礼现场，时光流转不停，唯有爱永恒不变。

随后，小花童送上了婚戒盒，两个人在众人的见证下交换戒指。倪清嘉主动踮着脚，轻轻吻了陈敬。陈敬颤抖着回吻。

台下顿时沸腾起来，响起一阵阵起哄声。两边年轻的亲友止不住地鼓掌、吹口哨，长辈们也笑容满面。

不远处的几个小朋友浑然不知发生了什么，追逐着气球嬉戏玩耍。

倪清嘉和陈敬看不见、听不见。他们的世界仿佛静止，与外界隔绝，尽管宾朋满座，他们只看向对方，耳边只有彼此同频的心跳声。

一吻结束，司仪请双方父母上台致辞。长辈们平日里不善言辞，在这样重要的时刻，都特意打了草稿，送上真心的祝福。

柔和的光落在他们慈爱的脸上，眼角绽开的都是幸福的细纹。

陈敬和司仪打过招呼，尽量简化流程。

全场举杯高喊"新婚快乐"后，婚礼便到了尾声。

司仪在一旁说着结尾的祝福语，倪清嘉牵着陈敬的衣袖，小声和他耳语："阿敬，我的脚好痛……"她穿着高跟鞋，站得久了，腿就开始发酸。

陈敬低声问道:"有带别的鞋吗?"

"在化妆间。"

"好,我等下去拿。"

仪式很快结束,倪清嘉扶着陈敬的胳膊走回座位,陈敬去帮她拿鞋。

刘轩没让场子冷下来,带着乐队上台,唱了昨天排练的《今天你要嫁给我》。

刘轩虽然看着不正经,但热场是专业的,台风极好,很会带动观众的情绪。

亲戚朋友们没想到来参加婚礼还有表演可以看,纷纷拿出手机录像。

伴随着欢快的乐曲,陈敬拿着鞋回来,弯腰给倪清嘉换上。

倪清嘉在跟着刘轩哼歌,对他说:"轩哥可以啊。"

陈敬笑而不语。

一曲结束,乐队成员下台了,刘轩没下去,高声活跃气氛,问:"大家还想听歌吗?"

几个已经在吃菜的乐队成员充当捧哏演员,很配合地说:"想!"

"没听够,再来一首!"

"安可,安可!"

刘轩拿着话筒朝陈敬的方向挤眉弄眼，笑道："那么接下来，有请我们今天最最帅气的新郎上台为我们献唱一曲，大家掌声欢迎！"

刘轩把吉他给了陈敬。

"嗯？"倪清嘉投去诧异的目光，两个男人神秘地笑笑，默契地不语。

底下几个知情的人捧场地鼓掌，手心都拍红了。

陈敬走上台，调整好麦克风的位置，开口："大家好，我是陈敬。"

这一句直接将倪清嘉拉回几年前的记忆，她全然不清楚陈敬要做什么，抬眸看向他。

"非常感谢大家从百忙之中抽空参加我的婚礼……"陈敬简单地寒暄，顿了顿，想再多说几句，却又一度哽咽，最后看向倪清嘉，轻轻地说，"下面我要唱的这首歌叫《最浪漫的事》。嘉嘉，送给你。"

不再多言，陈敬转动手腕，拨响琴弦。

音符从他的指尖流淌而出，前奏之后，他低低地开唱。

陈敬坐在聚光灯下，穿着白衬衫、黑西装，身上退去了学生气息，已经是成熟男人的模样。他的眼神干净如初，满座宾客，他的眼中只有她的身影。

倪清嘉在台下抬头望着他，心脏怦怦直跳。她明白他的意思,他嘴笨,一向不太会说动听的情话,所以把内心的想法都用歌声来表达。

倪清嘉屏息凝神,看着这个内敛的男人在众人面前表露爱意,听他温柔地唱着:

我能想到最浪漫的事,
就是和你一起慢慢变老。
一路上收藏点点滴滴的欢笑,
留到以后坐着摇椅慢慢聊。
…………

倪清嘉提前和陈敬说过,让他不要弄什么煽情环节,她不想在这天流眼泪,妆会花,拍照不好看。

可仅仅看着他在上面唱歌,她还是不由得湿了眼眶。

陈敬不是爱准备特大惊喜的人,他的浪漫在于一束红玫瑰,一碗小米粥,一枚藏在柜子里的戒指。如果让他想一件最浪漫的事,可能就是像歌词中说的那样,和她一起慢慢变老,在每一个清晨相拥着醒来,在每一个夜晚安心睡去,日出而作,日落而息,过简单幸福的生活。

这不单单是一首歌,也是他的愿望,他的承诺。他是真心想和她白头偕老。

等陈敬唱完,台下响起热烈的掌声,他微微欠身,向她走去。

倪清嘉全听懂他歌中含义,拿纸巾擦眼角,打他一下:"你搞什么,故意的是不是,就是要让我的妆变花。"

陈敬接过纸巾小心翼翼地帮她擦拭眼泪:"没有花。"

"骗人。"

"没骗你,还是很漂亮。"

"你现在嘴也变得这么甜了。"倪清嘉破涕为笑,又催促陈敬说,"快先吃几口,垫一下,不然等下要敬酒,就没时间吃东西了。"

陈敬的眉眼一弯:"好。"

换上敬酒服,挨桌敬酒的时候,倪清嘉没让伴郎伴娘跟着,放他们好好吃饭。她的胃不好,不能喝太多酒,陈敬把她的酒换成了王老吉。

如此一来,陈敬自然而然地成了众人围攻的目标。倪清嘉喝不得,大家全去灌陈敬,尤其到高中同学那桌,几个熟悉的老朋友都不给面子地疯狂倒酒。

"嘿嘿,我总算喝到喜酒了。"赵宇格将杯子递给陈敬,和他勾肩搭背,"怎么说我也是你俩爱情的初代见证者,陈敬,这你不得和我多喝几杯?"

赵宇格如今是一家小酒馆的老板,他那杯子里不知调成了什么味道的酒，陈敬连眉头都没皱一下就喝完了。

薛淼淼立刻又给他倒上，笑着说："赵宇格是初代见证者，那我得是月老了。陈敬，我也敬你一杯。"

陈敬来者不拒，老老实实地满杯喝完。

倪清嘉准备去下一桌，众人哪会这么轻易放过他俩，一杯结束，又给陈敬续上。

倪清嘉护着人："哎，差不多行了啊。"

陈敬却摆摆手，说："没事。"

他的眼眸亮得摄人，醉意微显。

倪清嘉不太放心，在他的耳畔说："喝不了就算了，没关系的。我可以喝一点儿，你不用替我挡。"

陈敬摇摇头。又喝了一杯后，他的脸上已有微醺的酡红。到后面几桌，倪清嘉没敢再让他喝，在他的酒杯中掺了饮料，蒙混过去。

但陈敬还是不可避免地喝醉了，脸红透了，反应迟缓，说话也有些大舌头。他的酒量一般，但酒品不错，不闹不叫，安安静静地坐在座位上吃倪清嘉给他夹的菜。有朋友来他这桌找他叙旧，他微笑着举杯，还想敬酒，被倪清嘉按下。

一直到宴席结束送客，陈敬都没有失态，只有倪清嘉知道他已经醉了。

"阿敬，还好吗？"倪清嘉向服务员要了醒酒汤，"喝一点儿。"

陈敬乖乖地喝汤，喝了几口，抬头看她一眼。

"干吗一直看我？"倪清嘉感觉现在的他真像只傻又黏人的大型犬，笑着问，"怎么了？"

陈敬醉酒后脑子转得慢，反应了一会儿，才小声开口："嘉嘉，我好高兴。"

"高兴也得先把汤喝完。"

那些在外人面前伪装的端庄早已不见，他表现出喝醉后的原本模样，话变得格外多，语气也黏糊起来。

"不好喝。"陈敬孩子气地抱怨，和她讨价还价，"能不能剩一点儿……"

"不能。"倪清嘉拍拍他的背，关心地问，"想不想吐？有没有哪里难受？"

他摇头，又拐回上一个话题，碎碎念道："不难受，我很高兴……"

他喝两口汤，像是自言自语般继续说："你知不知道，嘉嘉，能和你结婚，我真的好幸福。"

倪清嘉笑着说："好了，好了，知道了。"

"知道了也要说。"

"你说，我听着呢。"

"我第一眼见到你,就记住了你……"

"嗯,你说过。"

"你是我见过的最漂亮的人。"

"知道了,还有呢?"

"我爱你。"

陈敬很少说这么露骨的情话,还是在这么神志不清的时刻。倪清嘉愣了半晌,温柔地凝视着他。

他醉得已经有些发傻,但眼眸晶亮清澈,一眨不眨地盯着她。像是为了证明自己的真心,陈敬握着倪清嘉的手放在自己左胸口,再次重复:"请你相信我,我永远爱你,永远。"

酒店微黄的灯光照在他俊逸的脸庞上,他的头发上也染了一层光。

掌心之下,那颗炽热的心脏猛烈地跳动着。

倪清嘉弯了弯眼:"我知道,我相信。"

她吻了下陈敬的嘴唇,轻轻地说:"我也爱你,永远。"

图书在版编目（CIP）数据

白羊 / 焉识雨著. -- 南京：江苏凤凰文艺出版社，
2025.5. -- ISBN 978-7-5594-9238-8
　　I. I247.5
　　中国国家版本馆CIP数据核字第2025F6U593号

白羊

焉识雨 著

责任编辑	耿少萍
特约策划	周　周
特约编辑	周　周
封面设计	沐　沐
责任印制	杨　丹
出版发行	江苏凤凰文艺出版社
	南京市中央路165号，邮编：210009
网　　址	http://www.jswenyi.com
印　　刷	三河市九洲财鑫印刷有限公司
开　　本	880毫米×1230毫米 1/32
印　　张	8
字　　数	177千字
版　　次	2025年5月第1版
印　　次	2025年5月第1次印刷
标准书号	ISBN 978-7-5594-9238-8
定　　价	48.00元

江苏凤凰文艺版图书凡印刷、装订错误，可向出版社调换，联系电话 025-83280257